AF220554

Frieda Lindt

Puzzle im Wind

Roman

Herstellung und Verlag: BoD – Books on Demand,
Norderstedt
Umschlaggestaltung: Katrin Langmair; a2-grafik.ch
ISBN: 978-3-7528-0601-4

Max

Knapp innerhalb meines Gesichtsfelds baumelt eines jener unsäglichen Papptännchen und verströmt einen penetranten Geruch. New Car steht darauf, doch das macht den Opel, in dem ich nun schon seit drei Stunden unterwegs bin, nicht neu. Das braucht er auch nicht zu sein. Wichtig ist, dass ich den Mietwagen in der Hauptstadt abgeben kann.

Mit jedem Kilometer, der sich zwischen mich und die in Reiseführern als Kleinod zwischen grünen Hügeln und tiefblauem See gepriesene kleine Stadt legt, fühle ich mich freier. Ich drehe das Radio auf und mache mir einen Spass daraus, die Titel der gespielten Songs laut auszusprechen, sobald ich sie erkenne. Mehr als ein paar Sekunden dauert das selten. Ist mir die Melodie geläufig, singe ich mit – etwas, das ich in Gegenwart von Mathilde tunlichst vermied. Ich singe leicht falsch, doch mit einer Inbrunst, die man mir kaum zutrauen würde. Ich bin 1.85 Meter gross, schlank, ohne mich darum zu bemühen, und gelte als gutaussehend. Darauf bilde ich mir nichts ein, denn von Makellosigkeit bin ich weit entfernt. Noch verdeckt dichtes Haar meinen leicht abgeplatteten Hinterkopf, auch das wegen eines Skiunfalls in der Jugend weniger muskulöse rechte Bein fällt kaum auf. Doch ich weiss um diese Mängel. Sie machen mir nichts aus, im Gegenteil, sie bewahren mich vor Hochmut.

Mathilde mit stummem E – darauf legte sie Wert – ist ein Grund für meine Flucht. Genauer gesagt: das Bild ihres angewinkelten nackten Beins über einem mir unbekannten behaarten, die beide unter der weggerutschten Decke hervorschauten. In Gedanken hatte ich die Möglichkeit eines solchen Verrats bereits vorweggenommen, wie mir im Augenblick meiner Entdeckung schlagartig bewusst wurde. Doch ich hatte nicht damit gerechnet, beim Anblick von Mathildes offensichtlicher Untreue von einer kalten Ruhe erfasst zu werden, die mich einen Moment lang bewegungslos machte. Als sich die Starre löste, wandte ich meinen Blick zum Kopfende des Bettes. Vor Mathildes Gesicht bewegte sich mit jedem ihrer Atemzüge ganz sacht eine Strähne ihres hellbraunen Haares auf und nieder, auf und nieder. Ich unterdrückte den Impuls, die Strähne hinter ihr wohlgeformtes Ohr zurück zu stecken. Von ihrem Mundwinkel zog sich ein feiner Speichelfaden quer über ihre Wange und mündete in einem dunklen Fleck auf dem Kissen. Mathilde wirkte völlig entspannt, entrückt. Ihr linker Arm lag über einer kräftigen nackten Schulter, die sich in langsamem Rhythmus hob und senkte, hob und senkte. Von beiden ging eine Ruhe aus, deren einlullendem Sog ich mich nicht entziehen konnte. Wie lange ich dort stand, weiss ich nicht. Ich fühlte mich als Eindringling in eine Zweisamkeit, die mir nicht mehr zustand. Auf Zehenspitzen schlich ich ins Arbeitszimmer, klappte meinen noch offenen Laptop zu und steckte ihn in eine Umhängetasche. Leise ging ich zur Tür. Dort warf ich noch einmal einen Blick auf die beiden Schlafenden. Wäre ich in einem Hotel, dachte ich, würde ich das Schild Bitte nicht stören *vor die Tür hängen. Doch hinter der Tür, die ich so geräuschlos wie möglich zuzog, hatte ich ein Jahr lang mit Mathilde gelebt, gelacht, gekocht, sie geliebt und mich mit ihr gestritten. Was ich mir erst im Moment des endgültigen Abschieds eingestehen konnte: nie hatte sich das ganz richtig angefühlt.*

Aus dem Radio ertönen die ersten Takte von Still got the Blues. *Ich lasse das Fenster herunter. Ein Schwall kalter Nachtluft umfängt mich, doch besser als am Steuer einzuschlafen ist die Kälte allemal. Ein Griff in meine leere Jackentasche erinnert mich daran, dass ich nicht mehr rauche. Alles, was mich wach halten würde, wäre mir jetzt willkommen. Ich summe mit, lasse mich davontragen von diesem einmaligen Gitarrensolo. Den Text kenne ich auswendig. Die darin besungene Leidenschaft nicht. Doch ich ahne, dass sie mir noch bevorsteht.*

Ein Blick auf die Benzinuhr lässt mich aufschrecken. Werde ich es noch bis zur nächsten Tankstelle schaffen? Ich richte meinem Blick auf die beleuchteten Hinweistafeln, die am Rand der Schnellstrasse vorbeiflitzen. Bevor ich mir ernsthaft Gedanken darüber machen muss, wie ich die Nacht in dieser Kälte verbringen soll, taucht in grellem Neonlicht eine Tankstelle auf. Erleichtert biege ich auf die schmale Zufahrtsstrasse ein und lasse meinen Wagen vor einer Zapfsäule ausrollen. Ich tanke voll, erleichtere mich unter einem kränklich wirkenden Baum und strecke meine vom langen Sitzen steif gewordenen Glieder. Der riesige Parkplatz liegt öd und leer vor mir. Ich habe Durst. Irgendwo muss es doch einen Automaten geben, an dem ich ein Getränk ziehen kann. Ich lasse meinen Blick über den verlassenen Ort schweifen und bewege mich Richtung Restaurant. Neben dem Eingang werde ich fündig. Mit klammen Fingern klaube ich zwei Münzen hervor, werfe sie ein, drücke auf Latte Macchiato. *Das ersehnte Gurgeln bleibt aus.*

Stattdessen rasseln die beiden Münzen in die Ausgabeschale. Fluchen liegt mir fern. Doch wie beim Rauchen habe ich ein Gespür für die Situationen, in denen es angebracht wäre, doch ich lasse es sein. Ein zweiter Versuch ist von Erfolg gekrönt. Gierig führe ich den Pappbecher an meinen ausgedörrten Mund und geniesse, wie das Getränk mich von innen wärmt. Ich werfe den leeren Becher in einen Abfalleimer, gehe zurück zum Wagen, setze mich gestärkt hinters Steuer und starte den Motor. Beim Ausparken gleiten meine Scheinwerfer über einen Haufen aus vergessenen Lumpen, der so gar nicht zu der sterilen Umgebung passen will. Doch nachlässige Menschen gibt es überall. Ich biege Richtung Autobahn ein und werfe dabei einen Blick in den Rückspiegel. Täusche ich mich oder hat sich da tatsächlich etwas in diesem Lumpenhaufen bewegt? Vermutlich eine Katze, die sich ein angenehmes Schlafplätzchen gesucht hat. Ich beschleunige und schaue noch einmal zurück. Ganz kurz taucht aus dem Lumpenbündel eine menschliche Hand auf. Ich setze meine Fahrt fort, doch dieses Bild will mich nicht loslassen, ja ich erwäge sogar, die nächste Ausfahrt zu nehmen und umzukehren. Ein Mensch, der bei dieser Kälte ungeschützt und einsam an einem unwirtlichen Ort nächtigt, tut dies kaum freiwillig. Sicher benötigt er Hilfe. Zumindest etwas Geld. Das hätte ich ihm problemlos geben können. Nur habe ich diesen bedauernswerten Menschen zu spät bemerkt. Muss ich mir deswegen einen Vorwurf machen? Ich drehe das Radio etwas lauter, Abba. Ich summe mit, doch meine Unbeschwertheit hat sich verflüchtigt. Ich wechsle den Kanal. Die nächste halbe Stunde begleitet mich als Hintergrundgeräusch eine Diskussion über die Vor- und Nachteile fossiler Energie sowie möglicher Alternativen. Es geht ums Überleben der menschlichen Spezies. Doch mich interessiert im Moment mein persönliches Wohlergehen mehr.

Als vor mir endlich die Hauptstadt auftaucht, ist mein Eroberungswille gänzlich gebrochen. Ich fühle mich müde und abgekämpft. Niemand erwartet mich an diesem fremden Ort. Ich sehne mich nach einem Bett und Mathildes warmem Körper, um mich daran anzuschmiegen bis die Gedanken verschwimmen und der Schlaf sich meiner bemächtigt. Ich versuche, mir die schlafende Mathilde ohne ihren Begleiter vorzustellen, doch darüber schiebt sich immer wieder das Bild der einsamen Hand, die sich aus dem Lumpenbündel reckte. Wie ich es auch drehe und wende: ich habe einen Menschen im Stich gelassen, der meine Hilfe benötigte. Bevor mich das schlechte Gewissen in seinen Strudel ziehen kann, setze ich ihm klar und fest einen Entschluss entgegen, der hoffentlich auch dem Tageslicht standhalten wird: Ich muss und will mich ändern!

Das Hotel, in dem ich absteige, gehört nicht zu den ersten Adressen am Platz. Doch vorerst habe ich nur den Wunsch, ins Bett zu fallen und mir ein paar Stunden Schlaf zu gönnen. Für alles andere wird es morgen noch früh genug sein.

Freitag, 18. Oktober 2019

Die erste Seite meines neuen Tagebuchs liegt blank vor mir. Ich schreibe gerne von Hand, meine Schrift gefällt mir. Doch wie beginnt man ein Tagebuch? Ich entscheide mich für den Entschluss, den ich letzte Nacht gefasst habe: Ich muss und will mich ändern.

Vorerst habe ich mich allerdings um praktische Dinge zu kümmern. Arbeit suchen. Eine günstige Wohnung, in der ich mich wohl fühle. Ich mache mir nichts vor, in der ersten Zeit in dieser fremden Stadt werde ich einsam sein. Doch im Vergleich zur Einsamkeit der letzten Monate wird diese Einsamkeit erträglich sein.

Ich schaue auf die Uhr. Mathilde sitzt zu dieser Zeit vermutlich am Frühstückstisch. Ob sie wohl auch heute ihr Ei genau vier Minuten gekocht, zwei Orangen ausgepresst und ihre Scheibe Brot mit dünn geschnittenem Käse belegt hat, jetzt, da ich weg bin? Meine Zahnbürste steht immer noch im Glas neben ihrer, meine Kleider hängen vollzählig im Schrank, auf meinem Arbeitstisch liegt ein aufgeschlagenes Buch. Alles ist wie immer. Nur ich bin weg.

Bald wird es läuten. Ursula wird der 1c einen Auftrag erteilen. Die Deutschstunden werden ausfallen, bis Ersatz für mich gefunden ist. Ich habe kein schlechtes Gewissen deswegen. Jetzt nicht mehr.

Samstag, 19. Oktober 2019

Den Rest des gestrigen Tages verbrachte ich vor dem Laptop.

Günstige Wohnungen sind Mangelware in dieser Stadt. Überhaupt mache ich mir keine grossen Hoffnungen. Wer will schon einen arbeitslosen Lehrer als Mieter? Also hat die Suche nach Arbeit Vorrang. Unterrichten fällt vorerst weg. Ursula würde mir zwar sicher keinen Stein in den Weg legen und mich vorbehaltlos empfehlen. Doch ich kann und will nicht mehr als Lehrer arbeiten. Schon der Gedanke daran verursacht mir Übelkeit.

Ich durchforstete sämtliche Stellenangebote, wurde aber nicht fündig. Aufs Geld bin ich vorläufig nicht angewiesen, doch ich brauche etwas, um meine Tage zu füllen und einen Arbeitgeber, den ich bei meinen Wohnungsbewerbungen angeben kann. Sobald Ursula im Besitz meiner schriftlichen Kündigung war, rief sie mich an. Sie wolle mich freistellen, sagte sie. Bis zum Ende des ordentlichen Kündigungstermins Ende Semester werde ich also meinen Lohn weiterhin erhalten. Es ist mir sogar erlaubt, eine neue Arbeit anzunehmen. In diesem Fall wird mein Lehrergehalt um den neuen Lohn gekürzt. Mit anderen Worten: finanzielle Sorgen brauche ich mir keine zu machen und ich kann sogar ohne Lohneinbusse eine schlechter bezahlt Arbeit annehmen.

Das Ende der Beziehung mit Mathilde wird mich wohl noch eine Weile beschäftigen. Nach wie vor bin ich überzeugt, dass es für uns beide besser ist, wenn wir getrennte Wege gehen. Mathilde hat mich vor vollendete Tatsachen gestellt. Eigenartigerweise hege ich deswegen keinen Groll gegen sie, im Gegenteil, ich bin ihr sogar dankbar. Abschiedsszenen verabscheue ich. Mathilde hat sie uns erspart. Da ich nicht möchte, dass sie sich Sorgen macht, habe ich ihr eine SMS geschrieben: *Such nicht nach mir, es geht mir gut. Danke für alles und viel Glück.* Danach schaltete ich das Handy wieder aus. Ich mag mit niemanden reden, mich niemandem erklären.

Ein ganzes Wochenende liegt vor mir und macht mir Angst. Die vergangenen Ereignisse lasten auf mir und quälen mich. So gut ich kann, verdränge ich sie. Doch wenn ich meinen Seelenfrieden wieder finden will, muss ich mich ihnen stellen. Auch wenn es mir schwer fällt. Ich will die kommenden Tage dazu nutzen, alles genau so aufzuschreiben, wie ich es erlebt habe.

August 2018 bis Oktober 2019

Als ich Mathilde zum ersten Mal so richtig wahrnahm, biss ich gerade in eine über dem Feuer kross gebratene Wurst. Ein paar Kolleginnen und Kollegen hatten sich zu einem sommerlichen Picknick am Ufer des kleinen Sees etwas außerhalb der Stadt verabredet. Ich hatte für genügend Wein und Bier gesorgt, Ralph war für das Fleisch verantwortlich und Rita, Martin und Mathilde brachten Salate und Brot mit. Als Neuling im Kollegium fühlte ich mich geehrt, überhaupt eingeladen worden zu sein. Wir hatten ein paar Decken ausgebreitet, um sicher vor Ameisen zu sein, was sich als trügerisch erwies. Kaum hatte ich es mir gemütlich gemacht, krabbelte so ein kleines rotes Biest über mein nacktes Bein, biss zu und spritzte seine Säure in die winzige Wunde. Brennender Schmerz schickte einen Schauer über meinen ganzen Rücken. Ich beförderte das lästige Tier mit einem Zweig von meiner Wade und beschwor es, ja nicht mehr zu mir zurückzukommen.

Ralph entkorkte fachmännisch die erste Flasche Weisswein und schenkte uns allen ein.

»Und, Max, was meist du zu unserem Haufen? Wie du siehst, kennen wir durchaus auch die schönen Seiten des Lebens ausserhalb der muffigen Schulstube.«

Ich lachte, bedacht darauf, einen guten Eindruck zu machen. »Es gibt Schlimmeres, als sich mit ein paar chronischen Besserwissern bei einem guten Glas Wein einen Sommernachmittag um die Ohren zu schlagen. Und das erst noch an einem solch idyllischen Ort. Einen besseren Einstand hätte ich mir nicht wünschen können!«

Vom See her ertönte fröhliches Gelächter und kurz darauf ein Platschen.

»Lass das«, protestierte Rita, »komm nur her, ich zeig's dir!«

Martins Kopf tauchte aus dem Wasser auf. »Und was genau willst du mir zeigen?«

Rita stürzte sich auf ihn und drückte seinen Kopf unter Wasser. Martin befreite sich prustend und zog Rita zu sich hin. Es folgte ein Kuss, der meine Frage überflüssig machte, ob die beiden ein Paar seien.

Als alle wieder an Land und halbwegs trocken waren, schwärmten wir aus, um Holz für das Feuer zu suchen. Da der Sommer aussergewöhnlich heiss und trocken war, lag Brennmaterial nur so herum, und bald prasselte ein ansehnliches Feuer. Ralph beförderte aus seiner Schultertasche einen Stapel ökologisch unbedenklicher Teller und einen Haufen Plastikbesteck. Hungrig, wie ich war, griff ich beherzt zu und belud meinen Teller mit Salaten und zwei dicken Brotscheiben. Rita sass etwas abseits und schnitzte für jeden von uns einen Spiess. Ich nahm eine Bratwurstschnecke, steckte sie auf den Spiess und hielt ihn über das Feuer.

»Da scheint jemand aber mächtig Hunger zu haben. Oder hast du etwa noch nie eine Wurst gebraten, Max? Jedes Kind weiss doch, dass man sie über die Glut und nicht über das Feuer hält.«

Die anderen lachten, ich schwieg und zog meinen Spiess zurück. Eine passende Bemerkung fiel mir nicht ein. Das lag nicht nur an meiner mangelnden Schlagfertigkeit, sondern vor allem an der unverhohlenen Aggressivität, die in Martins Belehrung mitgeschwungen hatte, was offenbar den anderen entgangen war. Ich deutete sie als Kriegserklärung und lag damit richtig, wie sich später zeigen sollte.

Als sämtliche Würste vorschriftsgemäss über der entstandenen Glut brutzelten, liess ich meinen Blick über die versammelte Runde wandern. Ralph schien mir unkompliziert und gutmütig. In der Schule trug er eine Lesebrille mit dunklem Gestell, was ihm ein strengeres Aussehen verlieh, doch fragte ich mich nun, ob sie wohl bloss aus Fensterglas gefertigt war und einzig dem Zweck diente, ihm bei den Schülern Respekt zu verschaffen. Vor Rita musste ich mich in Acht nehmen, da sie und Martin ein Paar waren. Obwohl ich keine Ahnung hatte, weshalb Martin mir feindlich gesinnt war, konnte ich davon ausgehen, dass seine Abneigung mir gegenüber auch Ritas Meinung beeinflussen würde.

Die Würste waren inzwischen genussbereit. Ich legte meine Wurst auf den Teller und umwickelte ein Ende mit einer Papierserviette. Beim ersten Bissen blieb mein Blick an Mathilde haften, die sich bis jetzt noch kaum zu Wort gemeldet hatte. Auffallend waren ihre hohen Wangenknochen, die ihrem Gesicht ein slawisches Aussehen verliehen. Sie trug ihr volles hellbraunes Haar in Schulterlänge, was entweder etwas zu kurz oder zu lang war, jedenfalls steckte sie immer wieder eine Strähne hinter ihr rechtes Ohr, doch der Haarbüschel befreite sich regelmässig und fiel ihr wieder ins Gesicht. Eine zarte Sonnenbräune und ein paar winzig kleine Sommersprossen über dem Nasenrücken liessen darauf schliessen, dass sie sich gerne im Freien aufhielt. Wie ich später erfahren sollte, ist sie eine leidenschaftliche Joggerin, überhaupt bedeutet ihr Sport viel. Das erklärte auch ihren durchtrainierten Körper, der mir schon aufgefallen war, als sie aus dem Wasser stieg und sich auf ihr Badetuch zum Trocken hinlegte. Von ihr ging etwas Frisches, Sauberes aus, und ich ahnte bereits damals, dass sie eine Frau war, die sich Ziele vornahm und diese auch erreichte.

»Max, gib mir mal den Senf rüber.«

Ich reichte ihr die Tube und bemerkte, dass ihre Augen, die sie etwas zusammenkniff, weil die tief stehende Sonne sie blendete, grün waren. Grün mit goldenen Einsprengseln. Eine durchaus attraktive Mischung.

Als es langsam dunkel wurde und aufkommender Wind ein Gewitter ankündigte, schlug Ralph vor, den Abend bei ihm zuhause ausklingen zu lassen. Er habe ein paar Flaschen Bier gekauft, alles ausgefallene Sorten, wie er betonte, und wolle Martins Meinung dazu hören. Da ich noch einen Stapel Aufsätze zu korrigieren hatte und mir Martins Gesellschaft unangenehm war, schlug ich dankend aus. Auch Mathilde schloss sich der Gruppe nicht an. Es stellte sich heraus, dass sie denselben Heimweg wie ich hatte. Wir machten uns gemeinsam auf den Weg. Ihre Gegenwart schüchterte mich etwas ein, unsere Unterhaltung ging nur stockend voran. Immerhin erzählte mir Mathilde, dass ihre Mutter aus Frankreich stamme und sie selber die ersten acht Jahre ihres Lebens in diesem Land verbracht hätte. Der Entschluss, sich zur Französischlehrerin *auszubilden zu lassen, war daher nur logisch. Ich meinerseits trug wenig zum Gespräch bei, und es war mir klar, dass Mathilde mich für einen Langweiler halten musste. Mir fiel auf, dass sie etwas näher neben mir herging als unter noch fast Unbekannten üblich. Bevor ich mich fragen konnte, ob das ihrer französischen Herkunft geschuldet war oder ob eine unerklärliche Sympathie für mich sie ergriffen hatte, zuckte der erste Blitz vom Himmel, und wie aus dem Nichts setzte sintflutartiger Regen ein. Wir rannten zum nächsten Haus und suchten Schutz unter dem ausladenden Dach. Da stellte sich Mathilde unvermittelt auf die Zehenspitzen und küsste mich mitten auf den Mund.*

Von da an betrachtete sie uns als Paar. Dagegen hatte ich nichts einzuwenden, obschon ich mir vorgenommen hatte, mich die ersten Monate an der neuen Schule möglichst neutral zu verhalten. Ich hatte beobachtet, dass eine Gruppe um Martin gewissen Kolleginnen und Kollegen aus dem Weg ging oder sie mit Neckereien bedachte, die bei genauerem Hinhören von einer perfiden Bösartigkeit waren.

Mathilde wurde von allen gemocht, was es mir erleichterte, mich offen zu unserer noch frischen Beziehung zu bekennen. Erstaunlicherweise wurde diese kaum kommentiert, auch nicht von den Schülern. Wenn Mathilde und ich Hand in Hand zu unseren Fahrrädern schlenderten, ernteten wir höchstens ein anerkennendes Grinsen. Wir gaben ein schönes Paar ab, Mathilde und ich.

Nach zwei Monaten zog ich aus meiner bescheidenen Behausung in der Altstadt aus und zwei Häuser weiter in Mathildes schicke Wohnung mit Blick über die Dächer ein. Mathildes Geschmack ist nicht allzu weit von meinem entfernt. Wir schafften uns ohne grosse Diskussionen ein breiteres Bett und eine neue

Küchenlampe an, die ich mit einem Dimmer versah. Über dem Küchentisch hängte ich mit Mathildes Einverständnis ein Poster von Rothko auf, von dem ich mich nicht trennen konnte. Ich hatte nur wenige, dafür ausgesuchte Kleider, die problemlos in Mathildes Kleiderschrank passten. Im Badezimmer rückte Mathilde ihre Fläschchen und Tuben etwas näher zusammen, um Platz für mich zu schaffen. Als ich meine Zahnbürste ins Glas neben ihre stellte, wurde mir etwas mulmig zumute. Es fühlte sich an, als hätte ich Mathilde einen Ring über den Finger gestreift.

Unser Zusammenleben erwies sich als unkompliziert. Ralph, mit dem ich mich angefreundet hatte, war stets ein willkommener Gast. Wir verbrachten zahlreiche Abende zu dritt unter der gedimmten Küchenlampe, und es zeigte sich, dass Mathilde nicht nur die französische Sprache beherrschte, sondern auch ein Flair für die französische Küche hatte.

An regnerischen Sonntagen blieben wir häufig bis gegen Mittag im Bett, erzählten uns gegenseitig Geschichten aus unserem Leben und liebten uns auf eine aufmerksame und gleichzeitig vergnügte Weise. Mathilde wünschte sich ein Kind, doch sie hatte Verständnis dafür, dass ich damit noch etwas zuwarten wollte.

Das Leben war mir wohlgesinnt, und ich war dankbar für mein Glück, dem ich mich würdig erweisen wollte. Der Gedanke, dass dieser Zustand schon bald vorbei sein könnte, kam mir nicht. Ich hüllte mich in einen Kokon aus Behaglichkeit und tappte blind in die mir bestimmte Falle.

Das Gymnasium, in dem ich unterrichtete, liegt auf einem kleinen Hügel, auf den ein leider ziemlich unzuverlässiger Bus jeden Werktag ungefähr dreihundert mehr oder weniger lernwillige

Schülerinnen und Schüler hochfährt. Eine beliebte Ausrede fürs Zuspätkommen ist demzufolge dieser unberechenbare Bus.

Ein Schulzimmer stellte für mich bis vor kurzem einen Ort dar, an dem ich mich wohl fühlte. Mir liegt das Unterrichten. Jeden Tag von jungen Menschen umgeben zu sein, hält einen lebendig. Die Sorgen und Freuden der Lernenden lösten in mir stets eine Resonanz aus, mein Interesse für sie war echt. Heute wäre ich vorsichtiger.

Ich war Klassenlehrer der 2c und zugleich ihr Deutschlehrer. Als ich nach den langen Sommerferien die jungen Männer und Frauen, die ich erst von mässig gelungenen Fotos des Zeichenlehrers her kannte, tatsächlich vor mir hatte, spürte ich eine grosse Vorfreude auf alles, was da kommen mochte. Ein paar Köpfe fielen mir besonders auf. Rechts vorne fläzte Ricardo auf einem der zugegeben nicht besonders bequemen Stühle, gleich neben ihm blickte ich in Antons erwartungsvolle Augen. Rebecca, Isabelle, Janine und Gisela bildeten eine Mädchenfront in der zweiten Reihe, und in der hintersten Reihe konnte ich Otto, Lasse und Petra ausmachen. Diese drei hatten ihren Platz vermutlich aus der Hoffnung heraus gewählt, so den Blicken der Lehrpersonen am besten zu entkommen. Mir ist unerklärlich, wie sich dieser in der Schülerschaft verbreitete Irrtum so hartnäckig halten kann. Wer übersehen werden will, setzt sich am besten in die vorderste Reihe.

Mit einer schwungvollen Bewegung legte ich als erstes die vorgesehene Lektüre auf den Tisch. Tschick. Meiner Meinung nach ist es wichtig, der jungen Generation die Freude am Lesen zu vermitteln. Lesen beflügelt die Phantasie, und gerade in der Pubertät kann ein gutes Buch ein willkommener Rückzugsort sein.

Ricardo stöhnte auf. »Das ist jetzt nicht Ihr Ernst, Mann, dicke Bücher lese ich keine.«

»Jetzt lass ihn doch mal machen, Ric«, liess sich Rebecca aus der zweiten Reihe vernehmen. Offenbar hatte sie in der Klasse einiges zu sagen, denn Ricardo lenkte ein und schlug pflichtschuldigst die erste Seite auf, als ich ihm sein Exemplar aushändigte.

Wie erwartet, vermochte die Lektüre die Klasse zu packen, und es entspannten sich rege Diskussionen.

»Ein vierzehnjähriger Russe, der unbehelligt mit einem gestohlenen Auto durch die Gegend kurvt, dass ich nicht lache!«

»Ist doch Literatur, Mann, da geht alles!«

In der Pause stellte sich eine Mädchengruppe um mein Pult und wollte einiges von mir wissen. Alter? Zivilstand? Hobbys? Kurz alles, was einem bekannt sein muss, um einer Lehrperson das Leben nicht allzu schwer zu machen. Ich schnitt bei dieser Befragung, wie es schien, befriedigend ab, denn ab der zweiten Stunde lief alles wie am Schnürchen und die Pausenglocke ertönte unerwartet früh.

Im Lehrerzimmer stellte ich mich in die Schlange vor der Kaffeemaschine.

»Und, wie lief's mit der 2c?«, fragte die Rektorin und legte dabei eine Hand auf meinen Unterarm. Diese Geste sollte wohl Mitgefühl ausdrücken, was mir erst später klar wurde. Bei meinem Bewerbungsgespräch hatte niemand erwähnt, dass mein Vorgänger verlangt hatte, zwei Schülerinnen aus der Klasse auszuschliessen, sollte seine Mitarbeit weiterhin erwünscht sein. Als ich das von Mathilde erfuhr, war es schon zu spät. Doch ich greife vor.

Am Abend meines ersten Schultags gönnte ich mir ein gutes Stück Fleisch, begleitet von einer kleinen Flasche Rotwein. Ich *beglückwünschte mich zu meinem Einstand und dazu, für diese Stelle auserwählt worden zu sein. Zu den Klängen des zweiten Klavierkonzerts von Frédéric Chopin gingen mir die Vorbereitungen für den nächsten Tag leicht von der Hand. Ich ging früh zu Bett und schlief tief und traumlos.*

Die ersten Monate an der Schule verliefen ohne Probleme. Die Klasse hatte sich mit meinen Marotten abgefunden, sowohl mit jenen, die mir selber bewusst waren, als auch mit jenen, die jeweils vor mir eine geschlossene Wand aus amüsierten Gesichtern hervorriefen, über deren Auslöser ich nur rätseln konnte.

Langsam enthüllte sich mir die Struktur der Beziehungen meiner Schülerinnen und Schüler untereinander. Die Mädchengruppe wurde von Rebecca angeführt, Isabelle schien die Rolle einer Art Stellvertreterin inne zu haben. Als Rebecca wegen einer Lungenentzündung drei Wochen fehlte, scharten sich die anderen in der Pause jeweils um Isabelle. Sie ist von einer aparten Schönheit. Auffallend an ihr ist ihr langes, immer ein bisschen verwuscheltes rotes Haar. Ihre braunen Augen liegen weit auseinander, ihr hübscher Mund steht häufig leicht offen, so dass ihre perlweissen kleinen Zähne hervorblitzen. Trotz ihres Aussehens wirkt sie zart und verletzlich und weckt wohl nicht nur bei Männern den Beschützerinstinkt. Isabelle verhielt sich im Unterricht meistens ruhig, doch wenn sie sich meldete, waren ihre Beiträge von einer reizvollen Mischung aus Reife und Naivität. Ich war gespannt auf ihren ersten Aufsatz, mit dem sie mich nicht enttäuschte. Sie verstand es, dem ziemlich offenen Thema Vorwärts *eine geheimnisvolle Note zu geben, die mir das Lesen und Korrigieren leicht machte.*

Ricardo wurde mir zu einer wahren Stütze. Ich bemühte mich stets, möglichst unvoreingenommen auf meine Schülerinnen und

Schüler zuzugehen. Ihre Herkunft interessierte mich nicht, und wenn im Lehrerzimmer über ihre Eltern oder irgendwelche Vergehen getratscht wurde, begab ich mich so rasch wie möglich ausser Hörweite. Trotzdem konnte ich nicht verhindern, etwas über Ricardos Herkunft zu erfahren. Anlässlich einer Notenkonferenz bekam ich mit, dass Ricardos Vater bei einem Bahnunfall sein Leben verloren hatte und Ricardo für die Erziehung seiner beiden jüngeren Brüder und der kleinen Schwester hauptsächlich zuständig war, da seine Mutter ganztägig arbeitete. In diesem Licht erschien mir Ricardos Abneigung gegen dicke Bücher verständlich, für ihn gab es Wichtigeres als die hehre Welt der Literatur. Umso erfreulicher war es, dass er trotzdem den Weg übers Gymnasium gewählt hatte. Ich versuchte, ihm das Leben zu erleichtern, indem ich immer wieder Bezüge zum Alltag herstellte, in der Hoffnung, Ricardo könne daraus einen praktischen Nutzen ziehen. Er dankte es mir durch reges Mitmachen, und wenn etwas organisiert werden musste, meldete er sich als erster.

Wie so oft, kündigte sich das Unheil nicht an. Mir war aufgefallen, dass Isabelle im Unterricht häufig ihren eigenen Gedanken nachhing. Sie wirkte nicht nur abwesend, sondern auch traurig. Ungefragt mischte ich mich nie in Schülerangelegenheiten ein. Vertrauen lässt sich nicht verordnen, und ungeschicktes Eindringen in die Privatsphäre kommt selten gut an. Umso erleichterter war ich, als Isabelle am Ende eines Schultages auffallend langsam ihre Sachen zusammenpackte und, als nur noch sie und ich im Klassenzimmer waren, zu mir kam.

»Alles in Ordnung, Isabelle?«, fragte ich in möglichst neutralem Ton. Sie blickte mich nur an und schwieg.

»Mir ist aufgefallen, dass du im Unterricht in letzter Zeit sehr ruhig bist und deinen eigenen Gedanken nachhängst. Kann ich irgendetwas für dich tun?«

Wieder blickte sie mich wortlos an. Eine Träne löste sich aus ihrem linken Auge, kurz darauf auch eine aus dem rechten. Wäre sie meine Tochter gewesen, hätte ich sie in den Arm genommen. Ich war ziemlich ratlos, da das Mädchen weiterhin stumm blieb.

»Etwas bedrückt dich doch. Du kannst es mir erzählen«, forderte ich sie auf, »es bleibt unter uns, versprochen.«

Isabelle senkte den Kopf und brach in haltloses Schluchzen aus. Ihr schmaler Körper zitterte. Ich legte beruhigend eine Hand auf ihre Schulter. Und da kam es stockend aus ihr heraus.

»Anton«, schniefte sie, »Anton war mein Freund, und jetzt hat er eine andere. Er spricht nicht mehr mit mir.«

Anton und Isabelle waren ein Paar? Seltsamerweise war mir nie aufgefallen, dass sich die beiden näher standen. Auch hatte ich nicht bemerkt, dass zwischen ihnen in letzter Zeit eine Spannung bestanden hätte.

»Anton aus unserer Klasse?«

»Logisch, welcher Anton denn sonst?«

Ich scholt mich für meine Unachtsamkeit. Unter meinen Augen hatte sich ein Drama abgespielt, für das ich blind war. Zumindest für Isabelle war es ein Drama. Durch meine Erfahrungen mit Jugendlichen bin ich etwas abgehärtet, was solche vermeintliche Tragödien angeht. Ein Vorteil der Jugend ist die rasche Regeneration, und dabei denke ich nicht nur an Sport.

»Ich weiss, ich hätte nichts sagen sollen«, entfuhr es Isabelle, die schon wieder einen etwas gefassteren Eindruck machte. »Sie können mir ja doch nicht helfen.«

Sie wich einen Schritt zurück, und meine Hand, die auf ihrer

Schulter geruht hatte, fiel ins Leere. Rasch behändigte Isabelle ihre Schultasche und stürzte aus dem Zimmer.

In der nächsten Deutschstunde beschäftigte ich die Klasse mit einer Grammatikübung. Dies gab mir die Gelegenheit, den treulosen Anton etwas genauer unter die Lupe zu nehmen. Er löste mit beachtlicher Konzentration und in kurzer Zeit alle Aufgaben. Kein Blick zur zweiten Reihe. Zufrieden lehnte er sich zurück, zog ungeniert sein Mobiltelefon unter dem Tisch hervor und stupste Ricardo an, um ihm etwas auf seinem Handy zu zeigen. Ich wandte meinen Blick in Isabelles Richtung. Sie sass regungslos auf dem Stuhl, das Arbeitsblatt lag noch unberührt vor ihr. Langsam hob sie den Kopf, blickte schmachtend zu Anton und dann sogleich zu mir, als wollte sie sich vergewissern, dass ich ihren Blick bemerkt hatte.

»Auch du wirst einmal die heilende Wirkung der Zeit erfahren«, dachte ich für mich.

Fünf Minuten später klingelte es. Die Klasse wusste, dass ohne mein Zeichen die Stunde noch nicht beendet war. Ich erlöste sie und beobachtete, wie Isabelle das unbearbeitete Arbeitsblatt in ihre Tasche steckte und mit den anderen Richtung Tür strebte. Kurz erwog ich, sie zurückzuhalten, doch da war sie bereits verschwunden.

Für den Abend hatte sich Mathilde mit Martin verabredet, da sie mit ihm die bevorstehende Klassenfahrt besprechen wollte. Ich freute mich auf einen gemütlichen Fussballabend vor dem Fernseher für mich ganz allein. Noch vor Ende der ersten Halbzeit wurde ich von der Türglocke aufgeschreckt. Ich wartete noch den Corner meiner Mannschaft ab, der zu meiner Enttäuschung nur kurz getreten wurde, ein Rezept, das selten zum Erfolg führt. Ich schaltete das Gerät aus und öffnete die Tür. Davor stand Isabelle, in Tränen aufgelöst. Ich bat sie herein und bot ihr eine Cola an, doch sie lehnte mit einem Kopfschütteln ab.

»Setz dich doch«, sagte ich, und wies dabei auf die Couch.

Isabelle trug ein ziemlich kurzes Kleid, was ungewöhnlich war, bestand doch ihr übliches Outfit aus an den Knien zerrissenen Jeans und einem formlosen Top. Sie setzte sich und zog das Kleid, so gut es ging, über ihre Knie. Die Tränen hatten ihr Make-up verschmiert, und wieder hätte ich dieses bedauernswerte Kind am liebsten in die Arme geschlossen.

»Ist es immer noch wegen Anton?«, fragte ich etwas hilflos.

Isabelle nickte, und zu meiner Verwunderung flossen keine weiteren Tränen, ganz im Gegenteil, ein schüchternes Lächeln erhellte ihr Gesicht, gleich einem Sonnenstrahl nach einem heftigen Gewitter. Ich atmete innerlich auf.

»Nimmst du nun nicht doch eine Cola?«

Ein weiteres Nicken. Ich erhob mich von meinem Sessel, um eine Cola und ein Glas aus der Küche zu holen. Als ich zurückkam, war Isabelle aufgestanden und versperrte mir den Weg. Mit erstaunlicher Behändigkeit griff sie nach der Cola und dem Glas, stellte beides neben den Fernseher, schlang ihre Arme um meinen Hals und drückte sich an mich. Entsetzt stiess ich sie von mir. Isabelle stolperte, fing sich aber wieder auf. Ihr Gesicht hatte all seine Lieblichkeit verloren. Mit aus Wut verengten Augen musterte sie mich, als würde sie mich zum ersten Mal richtig wahrnehmen.

»Das wird dir noch leid tun, du prüdes Arschloch«, zischte sie, rauschte zur Tür und schlug sie krachend hinter sich zu.

Ich wankte zur Sitzecke und liess mich in den Sessel fallen, unfähig, einen klaren Gedanken zu fassen. Lange sass ich dort. Regungslos. Bis mir dämmerte, dass mir ernsthafter Ärger bevorstand. Und dass Isabelle mich in eine Falle gelockt hatte.

Als Mathilde nach Hause kam, stellte ich mich schlafend. Sie bemühte sich, keinen Lärm zu machen, zog sich im Dunkeln aus und schlüpfte vorsichtig unter die Decke, darauf bedacht, mich ja nicht anzustossen und zu wecken. Doch ich war hellwach. Was mich am meisten beunruhigte, war nicht Isabelles Verrat, sondern die Tatsache, dass mich der kurze Moment, in dem Isabelle ihre kleinen festen Brüste an mich drückte, erregt hatte und der Gedanke daran mich noch immer erregte. Erst als es zu dämmern begann, fiel ich in einen unruhigen Schlaf, in dem ich von einem Albtraum heimgesucht wurde. Ich befand mich auf einem schmalen Pfad, der auf beiden Seiten steil abfiel. Wie aus dem Nichts tauchte vor mir ein Frosch auf, hockte sich mitten auf den Weg und glotzte mich aus seinen hervorstehenden Augen an. Je näher ich kam, desto grösser wurde er. An ein Durchkommen war nicht zu denken. Bewegte ich mich nach links, tat das auch der Frosch, wollte ich auf die andere Seite ausweichen, war er schon da.

Gerädert wachte ich auf. Die beiden Deutschstunden lagen drohend vor mir. Ich erwog, mich krank zu melden, schleppte mich dann aber doch unter die Dusche. Lange verharrte ich unter dem zuerst heissen, dann kalten Wasserstrahl. Mathilde hatte das Frühstück schon vorbereitet, als ich in die Küche kam. Sie war guter Dinge, erzählte vom Treffen mit Martin und von der Klassenfahrt, die in der kommenden Woche anstand. Ich wandte ihr den Rücken zu, griff nach der Kaffeetasse, leerte sie im Stehen und murmelte etwas von Kopien, die ich vor dem Unterricht noch anzufertigen hätte.

Mühsam kämpfte ich mich mit dem Fahrrad den Hügel hoch. Das Lehrerzimmer mied ich und ging stattdessen direkt ins Klas-

senzimmer der 2c. Es war noch leer. Ich setzte mich ans Lehrerpult und verfiel in düstere Gedanken, die erst unterbrochen wurden, als Janine und Gisela plaudernd den Raum betraten. Ihr Gespräch drehte sich um die ultimative Party vom letzten Wochenende am See. Alkohol musste reichlich geflossen sein, auch der eine oder andere Joint hatte die Runde gemacht.

Beim Läuten sassen alle auf ihren Plätzen, ausser Isabelle, was ich erleichtert zur Kenntnis nahm. Meine Erfahrung trug mich durch die beiden Stunden, die erstaunlicherweise recht ergiebig ausfielen. Doch danach fühlte ich mich erschöpft und ausgelaugt.

Als ich das Lehrerzimmer betrat, kam Martin auf mich zu. Sein Gesichtsausdruck verhiess nichts Gutes.

»Hast du einen Moment?«, fragte er. Ohne meine Antwort abzuwarten, packte er mich am Oberarm und zerrte mich ins kleine Besprechungszimmer, das eigentlich Elterngesprächen vorbehalten war.

»Was soll das?«, protestierte ich, doch ich wusste, was auf mich zukommen würde.

»Isabelle hat heute in deinem Unterricht gefehlt, stimmt's?«

Ich nickte. Tatsächlich hatte Isabelle bis jetzt, im Gegensatz zu den meisten anderen, meinen Unterricht noch nie geschwänzt.

»Sie war bei mir. Und hat mir erzählt, was gestern vorgefallen ist. Ich bin enttäuscht, ja entsetzt. Wie konntest du bloss? Mit einer Schülerin!«

»Moment, was hat sie dir denn erzählt? Es stimmt, sie kam gestern aufgelöst zu mir nach Hause. Ich konnte sie in diesem Zustand doch nicht auf der Strasse stehen lassen. Aber von einem ‚Vorfall', wie du es nennst, kann keine Rede sein. Es gibt nichts, was ich mir vorzuwerfen hätte.«

»Da hat sie mir aber etwas ganz anderes erzählt. Du sollst dich auf sie gestürzt und sie geküsst haben. Und als du sie ins Schlafzimmer zerren wolltest, hat sie sich zum Glück losreissen und fliehen können.«

Ich war sprachlos. Martin deutete das umgehend als Schuldgeständnis.

»Ich werde das der Schulleitung melden müssen. Du kennst die Grundsätze an unserer Schule. Schutzbefohlene sind tabu.«

»Genau«, bestätigte ich, »deshalb würde ich auch nie im Leben...«

Mit einer ungeduldigen Handbewegung wischte er meinen Einwand vom Tisch.

»Lass es uns hinter uns bringen. Ursula hat zwei Freistunden. Je eher du dich stellst, desto besser.«

Ich erkannte, dass es nutzlos war, ihn von meiner Sicht der Dinge überzeugen zu wollen. Doch ich hoffte auf Ursula, unsere Rektorin. Dank ihrem gesunden Menschenverstand würde sie wohl in der Lage sein, Wahrheit und Lüge voneinander zu unterscheiden.

Erneut packte mich Martin am Arm, was absolut unnötig war, führte mich im Klammergriff bis vor Ursulas Tür, klopfte, und noch bevor Ursula »herein!« gerufen hatte, standen wir schon in ihrem Zimmer. Ursula blickte von ihrem Schreibtisch auf.

»Was gibt's denn so Dringendes? Hat das nicht Zeit bis nach dem Mittag? Ich muss unbedingt noch heute Morgen diesen Bericht an die Erziehungsdirektion abschliessen, sie warten schon seit Tagen darauf.«

Martins düstere Miene und wohl auch der Klammergriff um meinen Arm schienen sie von der Dringlichkeit unseres Anliegens *zu überzeugen, jedenfalls legte sie den Stift aus der Hand.*

»Er soll es selber sagen«, liess sich Martin vernehmen, und wies mit dem Kinn auf mich.

»Gerne. Sobald du mich loslässt.«

Widerwillig liess er meinen Arm frei, blieb aber so nahe bei mir stehen, dass er jederzeit wieder hätte zugreifen können.

»Nehmen wir doch erst einmal Platz, dann soll Max erzählen, was vorgefallen ist.«

Wir setzten uns an den runden Tisch, Martin dicht neben mich.

»Also, ich werde zu Unrecht beschuldigt, Isabelle aus meiner Klasse zu nahe getreten zu sein. Doch daran ist nichts, glaub mir, es gibt nichts, das mir ferner liegen würde.«

Ursula bat mich, so genau wie möglich zu schildern, was gestern bei mir zu Hause vorgefallen war. Ich liess kein Detail aus, erwähnte auch Isabelles unübliche Kleidung und ihren angeblichen Liebeskummer wegen Anton. Ursula schien mir Glauben zu schenken. Auf jeden Fall nickte sie, als ich fertig war.

»Dir ist bekannt, weshalb dein Vorgänger seine Stelle aufgegeben hat?«, fragte sie mich.

Ich schüttelte den Kopf, überrascht von diesem plötzlichen Themenwechsel. Ursula liess die Frage unbeantwortet im Raum stehen.

»Wie du sicher weisst, ist Isabelle noch nicht volljährig. Somit werden bei ihrer Befragung auch ihre Eltern anwesend sein müssen. Ich werde sie anrufen und so rasch wie möglich einen Termin mit ihnen vereinbaren. Bis dahin wird das Kollegium nicht informiert. Das gilt auch für dich, Martin: kein Wort zu irgendjemandem. Isabelle kann während der Deutschstunden beschäftigt

werden.« Ursulas kurzer Blick zum Schreibtisch machte mir und auch Martin klar, dass die Unterredung nun beendet war.

Wir verliessen den Raum ohne uns anzusehen. Die Lunte war gelegt.

Die folgenden Tage vergingen wie in einem schlechten Traum. Die Kunde von meinem angeblichen Übergriff hatte sich unter den Schülerinnen und Schülern wie ein Lauffeuer verbreitet. Zwar unterrichtete ich die 2c, nun ohne Isabelle, nach wie vor. Doch ich tat dies freudlos, ohne Schwung und Energie. Die sonst heitere Stimmung war verflogen, gegenseitiges Misstrauen vergiftete die Atmosphäre. Ich konnte an den Gesichtern ablesen, wer mir und wer Isabelle glaubte. Ohne mir dessen voll bewusst zu sein, richtete ich mich nur noch an jene Schülerinnen und Schüler, die zu mir hielten. Ich konnte sie an einer Hand abzählen. Und als ich am Freitag vor dem Wochenende noch ein letztes Arbeitsblatt als Hausaufgabe austeilte, zischte aus der zweiten Reihe ein gerade noch vernehmbares »Kinderschänder«. Ich ignorierte es, was mir, wie ich denken kann, als Schwäche und Eingeständnis meiner Schuld ausgelegt wurde. Genauso wie mein Fernbleiben vom Lehrerzimmer.

Am Abend nach dem Gespräch mit Ursula war Mathilde beim Nachtessen ungewohnt schweigsam. Sie stocherte lustlos in ihrem Essen herum. Martin, mit dem sie gemeinsam eine Klasse führte, musste ihr trotz Ursulas Anweisung von meinem vermeintlichen Fehltritt berichtet haben, noch bevor ich es tun konnte. Dass diese Anschuldigung gegen mich sie beschäftigte, war verständlich. Schliesslich hob sie den Kopf, sah mich durchdringend an und sagte:

»Und, hast du nun oder nicht?«

»Wie kannst du bloss so etwas fragen? Natürlich nicht. Das solltest du doch wissen!«

Sie nickte, entschuldigte sich aber nicht für ihre Frage.

»Das habe ich mir schon gedacht. Isabelle ist eine intrigante Hexe. Leon hat wegen ihr und Rebecca gekündigt.« Doch ihr Tonfall verriet, dass nicht alle Zweifel ausgeräumt waren.

Die Anhörung wurde auf Dienstag elf Uhr gelegt, dem Tag der Klassenfahrt von Martin und Mathilde. Ich hatte mich besonders sorgfältig zurechtgemacht und frisch rasiert. Anstatt das Fahrrad nahm ich den Bus zur Schule, um nicht verschwitzt anzukommen. Um diese Zeit am Morgen war es praktisch ausgeschlossen, Schülern zu begegnen.

Ursulas Tür stand offen. Ich rief mir noch einmal in Erinnerung, dass ich mir nichts vorzuwerfen hatte, und trat ein. Zum ersten Mal begegnete ich Isabelles Vater. Schlohweisses Haar, sonnengebräunt, teurer Anzug. Im Ausschnitt des Markenhemds, das er ohne Krawatte trug, blitzte eine Goldkette. Isabelle musste eine Nachzüglerin oder ein verwöhntes Einzelkind sein. Ihr Vater war mir sofort unsympathisch. Die Antipathie beruhte auf Gegenseitigkeit, was angesichts der Vorwürfe, die gegen mich erhoben wurden, einigermassen verständlich war. Ich hatte mir vorgenommen, möglichst wenig zu sagen und mir erst einmal anzuhören, was genau mir zur Last gelegt wurde. Ursula fühlte sich sichtlich unbehaglich, räusperte sich und ergriff das Wort.

»Sie alle wissen, weshalb wir hier sind. Ich möchte zuerst beiden Parteien die Gelegenheit geben, die Vorfälle von letzter Woche zu schildern. Isabelle, bitte, mach du den Anfang.«

Ohne zu stocken wiederholte Isabelle die Geschichte, die sie *schon Martin aufgetischt hatte, unterliess es aber nicht, sie noch etwas auszuschmücken. Aus der Cola wurde eine Flasche Wein, ich sollte sie auch nicht nur geküsst, sondern ihr an den Busen und an den Hintern gefasst haben. Als sie sich gerade darüber auslassen wollte, wie ich ihr Kleid hochgeschoben hätte, wurde es mir zu bunt.*

»Isabelle, du weisst genau, dass das nicht stimmt. Weshalb tust du das? Habe ich dich irgendeinmal ungerecht behandelt?«

Sie lachte höhnisch auf. Und mir wurde schlagartig klar, dass wir nicht hier sitzen würden, wäre ich auf ihre Avancen eingegangen. Gekränkte Eitelkeit. Und Rache. Das waren ihre Motive, um mir das Leben zur Hölle zu machen. Ungewollt verspürte ich einen Hauch Mitleid.

»Lassen wir das mal so stehen. Nun möchte ich dich, Max, um deine Version bitten.«

So ruhig mir das angesichts der Umstände möglich war, schilderte ich das Vorgefallene und wurde dabei immer wieder durch Isabelles Vater unterbrochen, der mich mit allen erdenklichen Schimpfwörtern bedachte. Isabelle wartete bis zum Schluss.

»Wie der lügt! Widerlich!«, stiess sie hervor und warf sich schluchzend in die Arme ihres Vaters.

»Nicht weinen, Prinzessin, alles wird gut. Er wird seine gerechte Strafe erhalten.« Besänftigend strich er ihr übers Haar, legte schützend den Arm um ihre Schultern und warf mir einen zornigen Blick zu.

Ursula wollte dem Schauspiel so rasch wie möglich ein Ende bereiten.

»So, das wärs fürs erste. Wie es scheint, steht Aussage gegen Aussage. Wir werden in der Schulleitung besprechen, was nun zu tun ist.«

»*Das scheint ja wohl klar zu sein. Dieser Sexualtäter gehört hinter Gitter! Komm, Isabelle, wir gehen. Ich habe beste Verbindungen zur Presse, lassen Sie sich das gesagt sein. Sie werden von meinem Anwalt hören!*« *Mit dieser Drohung stand er abrupt auf und rauschte zur Türe hinaus, Isabelle im Schlepptau.*

Ursula seufzte. »*Du kannst nun auch gehen, Max. Isabelle ist vorläufig von deinem Unterricht dispensiert. Sobald ich mehr weiss, hörst du von mir.*«

Ich radelte an den See und legte mich ins Gras am Ufer. Eine trostlose Einsamkeit überfiel mich. Auch wenn ich im Recht war und mir immerhin Ursula zu glauben schien, waren meine Tage an dieser Schule gezählt. So viel stand fest. Ebenfalls fest stand, dass ich mir selber nicht mehr vertraute. Und diese Tatsache wog ungleich schwerer.

Am Himmel zogen kleine weisse Wolken vorüber. Um mich abzulenken, versuchte ich herauszufinden, was sie darstellten. Mit meiner Mutter hatte ich dieses Spiel oft stundenlang gespielt. Doch so sehr ich mich auch bemühte, sämtliche Schlösser, Zwerge und Elefanten verwandelten sich unweigerlich in einen dicken, hässlichen Frosch. Ich schloss die Augen und konnte nur mit Mühe die aufkommenden Tränen zurückhalten.

Mathilde kam in dieser und der darauf folgenden Nacht nicht nach Hause, schickte mir aber eine SMS. Sie habe zufällig eine alte Schulkollegin getroffen und beschlossen, bei ihr zu bleiben, bis sie wieder unterrichten müsse. Eine Nachfrage, was die Anhörung ergeben hätte, fehlte. Ich schwankte zwischen Ärger und Erleichterung. Schliesslich leerte ich eine ganze Flasche Wein und gönnte mir vor dem Zubettgehen noch einen grosszügig bemessenen Single

Malt. Es ging mir nur noch darum, die Zeit bis zu den langen Sommerferien zu überstehen, wie, war mir egal.

Kurz vor Ende des Schuljahrs zitierte mich Ursula zu sich ins Büro. Sie gab mir zu verstehen, dass sie meine Version der Geschichte mit Isabelle für glaubwürdig halte, müsse mir aber trotzdem einen Verweis erteilen. Isabelles Vater hatte seine Drohung nicht wahr gemacht, ja war sogar bereit, seine Tochter weiterhin an unsere Schule zu schicken, allerdings nicht mehr zu mir in den Unterricht. Was seinen plötzlichen Sinneswandel bewirkt hatte, wusste sie nicht, schien aber erleichtert, dass die Angelegenheit keine weiteren Kreise gezogen hatte. Denkbar war, dass der Anwalt von Isabelles Vater ihm dazu geraten hatte, die Angelegenheit auf sich beruhen zu lassen, denn es gab keine Beweise meiner Schuld.

Schliesslich brachen die Ferien an. Doch dieses Jahr wollte sich bei mir die gewohnte Euphorie nicht einstellen.

Die ersten drei Wochen war Mathilde noch da. Ich hoffte auf gemeinsame Unternehmungen, die mich ablenken und zugleich die feinen Risse in unserer Beziehung kitten würden. Ich schlug vor, eine Gemäldeausstellung zu besuchen, in der das Original des Posters zu sehen war, das ich in unseren gemeinsamen Haushalt eingebracht hatte. Das Bild von Rothko in verschiedenen Grau-, Grün- und Blautönen passte perfekt an die Küchenwand, wie auch Mathilde zugeben musste. Als ich es aufgehängt hatte, kontrollierte Mathilde mit der Wasserwaage, ob es gerade hing. Dann trat sie einen Schritt zurück, legte den Kopf schräg auf die eine, dann auf die andere Seite und meinte schliesslich: »Nicht gerade mein Geschmack, und die Farben sind irgendwie komisch. Doch Hauptsache, dir gefällt's!« Ich griff nach ihrem Arm, zog sie zu mir und küsste sie, zuerst neckisch, dann entschlossener. Als ich sie vom Boden hochhob und ins Schlafzimmer trug, lachte sie und schlang ihre Arme um meinen Hals. Daran dachte ich, als ich Mathilde den Ausflug vorschlug. Doch Mathildes Begeisterung hielt sich in Grenzen. Die Ausstellung daure doch noch bis zum Winter und überhaupt sei das Wetter zu schön, um sich ein Museum anzutun. Sie wolle lieber im See schwimmen gehen. Ich begleitete sie in der Hoffnung auf ein klärendes Gespräch bei einem Glas Rosé an der Strandbar. Doch kaum hatten wir unsere Räder am Ufer abgestellt, setzte Mathilde ihr Sportgesicht auf, fasste mit gekreuzten Armen den Saum ihres Sommerkleids und zog es in einem Ruck über den Kopf aus. Darunter trug sie einen schwarz-weissen Bikini im Pepitamuster, der ihren trainierten, sonnengebräunten Körper so richtig zur Geltung brachte. Wie weit die Entfremdung zwischen uns schon fortgeschritten war, erkannte ich daran, dass ich bei ihrem Anblick keinen Stolz empfand und mich nicht einmal getraute, ihr ein Kompliment für ihren knackigen Body zu machen. Mein Wunsch nach einem klärenden Gespräch kam mir unter diesen Umständen beinahe lächerlich vor. Auch Mathilde verspürte keine Lust, das heikle Thema anzusprechen.

Wir waren wohl beide erleichtert, als Mathilde für die letzten beiden Ferienwochen zu ihrer Mutter fuhr, die sich das Bein gebrochen hatte und auf Unterstützung angewiesen war. So blieb mir auch genügend freie Zeit, um den Unterricht für das kommende Schuljahr vorzubereiten. Doch jedes Mal, wenn ich mich an den Schreibtisch setzte, überkam mich eine nie gekannte Übelkeit. Ich schob die Arbeit vor mir her, wurde mit jedem Tag unzufriedener und machte es mir zur Gewohnheit, mir die nötige Bettschwere mit Hilfe von ein paar Gläsern Alkohol zu verschaffen.

Kurz vor Ferienende besuchte mich, völlig unerwartet, Ralph. Die Freundschaft zwischen uns hatte sich merklich abgekühlt, was ich mir selber zuzuschreiben hatte. Nach Isabelles Anschuldigungen war ich zu meinen Kolleginnen und Kollegen auf Distanz gegangen und verbrachte meine freie Zeit am liebsten allein oder mit Mathilde.

»Willst du mich nicht hereinlassen?«, frage Ralph.

Tatsächlich war ich unschlüssig, was ich von seinem plötzlichen Erscheinen halten sollte, und es gelang mir nicht auf Anhieb, freudige Überraschung zu mimen.

»Ja klar, komm und mach es dir gemütlich in meiner bescheidenen Behausung.«

Was flapsig klingen sollte, kam eher unbeholfen daher, doch Ralph schien das nicht zu stören. Mit einer Papiertüte unter dem Arm marschierte er sogleich Richtung Küche.

»Ich hab uns was mitgebracht, vom Inder gleich um die Ecke. Du magst doch Lamm, oder nicht?«

Ich mag kein Lamm, nickte aber. Ralph öffnete Schränke und Schubladen, suchte und fand ein Tablett, ordnete die fünf Schalen appetitlich darauf an, legte Besteck dazu und trug alles zur Sitzecke.

»Jetzt fehlen bloss noch die Gläser. Und Bier. Passt am besten. Hast du?«

»Kennst du einen Männerhaushalt ohne Biervorrat?«, fragte ich, und bewegte mich Richtung Küche. Dabei kamen unliebsame Erinnerungen an Isabelles Blitzbesuch hoch, die ich sofort verdrängte.

Es dauerte eine halbe Stunde, bis Ralph das Thema anschnitt.

»Und, wie geht's dir mit der ganzen Sache?« Es war nicht nötig, dass sich Ralph deutlicher ausdrückte. Wir wussten beide, wovon er sprach.

Inzwischen hatte sich die alte Vertrautheit zwischen uns wieder eingestellt, und ich realisierte, wie belastend die vorangegangenen Wochen für mich gewesen waren. Alles brach aus mir heraus. Ralph hörte mir zu, nickte zwischendurch, stellte ab und zu eine Frage, doch er wertete nicht. Sogar als ich ihm gestand, dass mich die kurze Berührung erregt hatte, nickte er bloss. Meine Erleichterung war riesengross. Ralphs selbstverständliche Anteilnahme und sein vorurteilsloses Zuhören erlaubten es mir, mich selber wieder zu mögen.

Ralph hatte es sich zur Aufgabe gemacht, mich etwas aufzuheitern und abzulenken. An meinem zweitletzten Abend ohne Mathilde tauchte er bei mir auf, um den Hals einen grün-weissen Schal, was angesichts der herrschenden Hitze absolut unpassend war.

»Fussball ist angesagt, Max. Ich weiss, das ist nicht unbedingt dein Stil, doch sei kein Spielverderber. Du bist eingeladen.«

Um ihm eine Freude zu machen, schloss ich mich ihm an, versprach mir selber aber wenig von der Sache. Fussball verfolge ich nur am Fernseher, doch auch das eher selten. Normalerweise begnüge ich mich damit, am Montag die Tabelle mit den Resultaten zu überfliegen.

Als wir vor dem Stadion ankamen, stellte sich Ralph in die Warteschlange, um Tickets zu besorgen.

Meine Erfahrungen mit grösseren Anlässen beschränkten sich bis dahin auf Konzerte von Symphonieorchestern. Die Gefühle, die mich überfluteten, als ich im Schlepptau von Ralph die Arena betrat, waren mir vollkommen neu. Tausende von Menschen füllten

die Tribünen, liessen Sprechchöre erschallen und stimmten mitreis-
sende Gesänge an, die mir einen Schauer über den Rücken jagten.
Fahnen wurden zum Rhythmus von dumpfen Trommelklängen in
der testosterongeschwängerten Abendluft geschwenkt. Transpa-
rente auf der Seite der Grün-Weissen verkündeten deren ewig
während Liebe zum Club. Die Blau-Weissen befanden sich in
einem abgesperrten Sektor und versuchten vergeblich, den Grün-
Weissen Paroli zu bieten. Selbstverständlich kennt man solche
Szenen aus dem Fernseher. Doch ich hätte nie gedacht, dass sie eine
derartige Wirkung auf mich haben könnten.

Wir setzten uns auf unsere schmalen Klappstühle und gönn-
ten uns einen ersten Schluck Bier. Da quetschte sich schnaufend ein
älterer Herr in grün-weisser Jacke neben mich. Ich nickte ihm zu.
Kurz darauf gab der Speaker die Aufstellung der beiden Mann-
schaften über Lautsprecher bekannt. Ralph kommentierte den einen
oder anderen Spieler, zeigte sich unzufrieden, weil der vielver-
sprechende Neuzugang aus der Elfenbeinküste vorerst auf der
Ersatzbank Platz nehmen musste und machte sich lustig über den
gegnerischen Torwart, der, um sich aufzuwärmen, in die Hände
klatschte und seltsam anmutende Luftsprünge vollführte.

Mein Sitznachbar machte sich an seinem Rucksack zu schaffen. Zuerst holte er eine Wolldecke hervor, die er umständlich über
seine Knie legte, was angesichts der Temperaturen unnötig war,
doch wohl zu seiner Routine gehörte. Dann nahm er eine Banane
heraus. Ich nickte noch einmal in seine Richtung, dieses Mal mit
einem Lächeln. Anstatt die obligate Bratwurst mit Bier eine gesunde Banane. Das gefiel mir.

Der Schiedsrichter pfiff die Partie an, und ein unterhaltsames
Spiel begann, das ziemlich ausgeglichen hin und her wogte. So

jedenfalls nahm ich das Geschehen war. Ralph hingegen sah klare Vorteile bei den Grün-Weissen und applaudierte bei jeder ihrer gelungenen Aktionen. Kleine Rempeleien der Blau-Weissen taxierte er sofort als gelbwürdig, während ähnliche Vergehen von Spielern der eigenen Mannschaft nicht der Rede wert waren. Mit der Zeit verlor das Spiel an Schwung, ohne dass ein Tor gefallen wäre. Erste Pfiffe ertönten. Doch da überstürzten sich die Ereignisse auf dem Rasen. Mit einem rüden Foul holte die gegnerische Elf den Captain der Grün-Weissen von den Beinen, was ein veritables Pfeifkonzert zur Folge hatte. Auch mein Nachbar hielt es kaum noch aus auf seinem Sitz.

»Raus, raus!« brüllte er. »Geh dorthin zurück, wo du herkommst, auf die Bäume, du Affe!«, und schleuderte seine Banane aufs Spielfeld.

Hatte ich richtig gehört? Ich drehte mich zu Ralph, der ungerührt aufs Spielfeld starrte, dann wieder zum Nachbarn.

»Ist doch wahr, solches Pack hat hier nichts verloren.«

Ehe ich mich's versah, hatte ich ihn am Revers seiner Jacke gepackt. »Pass auf was du sagst«, drohte ich ihm. »Und zähl mal die Afrikaner, die in deiner Mannschaft spielen und Tore schiessen. Ohne sie könnten die Grün-Weissen gleich einpacken.«

»Aha, der feine Herr will mich belehren. Weisst du was? Dir sollte man Stadionverbot erteilen. Arschloch.«

Ich schwöre, es war keine Absicht. Doch der kleine Schubser brachte den Alten aus dem Gleichgewicht. Er stürzte über die Stuhlreihe vor uns und schlug mit dem Kopf hart auf. Sofort war ich bei ihm. Er wirkte benommen, war aber nicht bewusstlos, wie ich erleichtert feststellte. Die blutende Wunde über seinem Auge würde wohl genäht werden müssen. Und da stand auch schon

Ralph mit entsetztem Gesicht neben mir. Gemeinsam halfen wir dem Alten auf die Beine. Der Vorfall war selbstverständlich nicht unbemerkt geblieben, und die Meinungen waren sogleich gemacht. Hier ein blutender Alter, da ein ihm körperlich überlegener deutlich Jüngerer, ein klarer Fall. Unter missbilligenden Blicken führten wir den Alten von der Tribüne und begaben uns auf die Suche nach medizinischer Hilfe. Wie das Spiel ausgegangen ist, weiss ich nicht mehr. Woran ich mich aber nur zu gut erinnern kann, ist die Scham, die ich empfand. Auch gegenüber Ralph.

Vor Mathildes Rückkehr befreite ich unsere Wohnung von sämtlichen Spuren, die mein zweiwöchiges Junggesellendasein hinterlassen hatte; ich putzte, schrubbte und wusch die Wäsche, die sich während Mathildes Abwesenheit im Wäschekorb angesammelt hatte. Mathilde schien sich zu freuen, als ich sie in die Arme nahm, rühmte die nach einem einfachen Rezept zubereiteten Fischfilets, doch irgendwie schien sie mir verändert.

Als ich eine Woche später den Briefkasten leerte, entdeckte ich zwischen den obligaten Reklamen und Rechnungen eine Postkarte von Mathildes Mutter, an uns beide adressiert. Auf der Vorderseite prangte ein bunter Laubwald in herbstlichem Licht vor einem imposanten Bergpanorama. Der Text war kurz. »Liebe Grüsse von unserer Wanderung im Engadin, c'est vraiment magnifique!« Unterschrieben hatte nebst Mathildes Mutter auch ihre beste Freundin, die ich anlässlich einer Geburtstagsfeier kennen gelernt hatte. Zuerst dachte ich an ein Versehen der Post und kontrollierte den Stempel. Doch das Datum stimmte, die Karte war vor zwei Tagen eingeworfen worden. Mathildes Mutter war tatsächlich in einer beneidenswerten körperlichen Verfassung, doch ein gebroche-

nes Bein benötigt nun einmal eine gewisse Zeit um zu heilen. Als Mathilde nach Hause kam, sprach ich sie darauf an.

»Ach, du kennst doch Mutter, aus allem macht sie gleich ein Drama. Das Bein war bloss verstaucht.«

Ich mass dem Vorfall keine weitere Bedeutung zu. Im Nachhinein denke ich, aus Selbstschutz. Mein Leben war so schon unerträglich genug, auch ohne Streit mit Mathilde.

Die Schule hatte wieder begonnen. Ohne selbst etwas dazu beigetragen zu haben, hatte sich die 2c in die 1c verwandelt und stand somit ein Jahr vor dem Abschluss. Rebecca sass nun neben Janine, wofür ich dankbar war, hatte mich doch die Lücke zwischen den beiden immer an den Vorfall mit Isabelle erinnert. Trotzdem fiel es mir Tag für Tag schwerer, das Klassenzimmer zu betreten. Die offene Feindschaft der Mehrheit der Schülerinnen und Schüler mir gegenüber war einer Respektlosigkeit gewichen, die mich kraftlos machte. Was auch immer ich unternahm oder vorschlug, stiess auf Widerstand, und, was mir noch mehr zusetzte, mitunter auf höhnisches Gelächter. Ricardo beteiligte sich nicht daran. Er hielt nach wie vor zu mir, konnte das aber nicht offen zeigen. Einmal kam er nach der Stunde zu mir.

»Ich kann nichts tun«, meinte er bedauernd. »Es tut mir so leid für Sie, ich merke doch, dass Sie es gut mit uns meinen. Sogar mit jenen, die es nicht verdient haben. Wollen Sie sich das wirklich noch länger antun?«

Der Junge rührte mich.

»Ich weiss es selber nicht«, gab ich ihm ehrlich zur Antwort. »Aber dass du zu mir gekommen bist, freut und tröstet mich. Du bist ein guter Junge. Bleib so, wie du bist.«

Ricardo hatte etwas angesprochen, das mir schon länger durch den Kopf ging. Was hielt mich eigentlich noch hier? Die Schule war mir eine Qual, Mathilde hatte sich von mir entfremdet und vor Ralph schämte ich mich seit unserem Besuch des Fussballspiels. Den Ausschlag gab dann letztlich ein Gespräch, das ich zufällig mitbekam.

Ich war gerade unterwegs zum Fahrradunterstand, der sich am Rande des Schulgeländes befindet. Eine üppige Hecke grenzt das Grundstück vom Gehweg zum Bus ab. Hinter der Hecke vernahm ich Mädchenstimmen, achtete aber zuerst nicht darauf. Erst als mein Name fiel, horchte ich auf.

»Ja, unser Max. Hättest seine Stielaugen sehen sollen. Doch der Maxi hat nur einen Mini in der Hose. Und jetzt hat er Ärger. Das kommt davon. Und du schuldest mir einen Hunderter, Rebecca. Schliesslich habe ich die Wette gewonnen.« Isabelle, die ich seit den Sommerferien nicht mehr zu Gesicht bekommen hatte, stiess ein äusserst unangenehmes Lachen aus.

»Darauf kannst du warten bis in alle Ewigkeit. Es fehlen die Beweise. Ein zerrissenes Kleid reicht nicht.«

»Was hättest du dann gewollt? Ein Fläschchen mit Sperma?« Wieder ein unangenehmes Lachen, das mich schaudern liess.

Ohne die Fortsetzung des Gesprächs abzuwarten, machte ich auf dem Absatz kehrt, stürmte die Treppe hinauf in den zweiten Stock, immer zwei Stufen auf einmal nehmend, und klopfte heftig an Ursulas Tür. Ursula öffnete gleich selber, sie war im Begriff, nach Hause zu gehen.

»Max, was ist mit dir los? Du bist ja völlig durcheinander.«

»Ich kündige, ab sofort.«

»Na, na, nicht so eilig. Darf ich wenigstens den Grund dafür erfahren? Ich hatte den Eindruck, dass sich die Wogen etwas geglättet haben.«

»Ich kann nicht mehr«, stiess ich hervor, die Tränen nur mit Mühe zurückhaltend.

»Also, nun von Anfang an. Was ist passiert?«

Mein Körper, den ich nur noch dank reiner Willenskraft aufrecht gehalten hatte, klappte mit einem Schlag zusammen. Ich sank auf den Stuhl, den mir Ursula hingeschoben hatte. Eine unendliche Müdigkeit ergriff mich. Alles strömte ungefiltert aus mir heraus: die Wette zwischen Isabelle und Rebecca, meine Scham darüber, dass mir meine Klasse entglitten war, die Schwierigkeiten mit Mathilde, ja meine ganze Unsicherheit, wer ich denn überhaupt war.

Ursula enthielt sich jeglichen Kommentars, gab auch keine Ratschläge. Sie wartete, bis ich mich etwas beruhigt hatte, und bot mir eine Tasse Tee an.

»Deinen Wunsch verstehe ich. Doch eine solche Entscheidung sollte man nicht übers Knie brechen. Schlaf wenigstens noch eine Nacht darüber. Und wenn du dann immer noch fristlos kündigen willst, werden wir eine Lösung finden. Auch wenn es schwierig sein wird, einen Ersatz für dich zu finden, vor allem, da das neue Schuljahr bereits begonnen hat.«

Das wusste ich nur zu gut. Doch darauf konnte ich keine Rücksicht mehr nehmen.

»Es fällt mir schwer, Max, dich in diesem Zustand gehen zu lassen. Hast du irgendeinen Ort, wo du hingehen kannst? Einen Freund oder eine Freundin? Wie steht es mit deiner Familie?«

Nicht gut, dachte ich. Meine Schwester, mit der ich ab und zu telefoniere, lebt am Ende der Welt und die Eltern sind vor Jahren *gestorben.*

»Du brauchst dir keine Sorgen zu machen, Ursula. Es geht mir schon viel besser. Und was die Kündigung angeht: du wirst von mir hören.« Es war mir gelungen, Ursula zu beruhigen, doch ich fühlte mich mutterseelenallein.

Als ich zum letzten Mal aus dem Schulhaus trat, stand die Sonne schon tief. Ich wollte nur noch weg. Ohne Ziel lief ich los. Meine Beine trugen mich wie von selbst. Ich ging und ging und ging, immer weiter. Der Rhythmus meiner Schritte beruhigte mich. Langsam kehrte auch die Kraft in meinen Körper zurück und mein Denken nahm wieder Konturen an. Der Gedanke, der sich schliesslich in meinem Bewusstsein festsetzte, war der Gedanke, endlich frei zu sein.

Als der Morgen dämmerte, hatte ich den halben See umrundet. Ich setzte mich auf einen Baumstrunk und lauschte dem Gezwitscher der Vögel. Die meisten Singvögel waren bereits Richtung Süden aufgebrochen, und so fehlte eine Melodie, an die ich meine Gedanken hätte heften und von der ich mich hätte emportragen lassen können. Eine plötzliche Müdigkeit ergriff mich. Ich sehnte mich nach ein paar Stunden Schlaf. Die Freude über meine gewonnene Freiheit verblasste und machte einer düsteren Stimmung Platz. Wie hatte ich mich dermassen täuschen lassen können, wie blind war ich in die mir gestellte Falle getappt! Rebeccas und Isabelles Bösartigkeit hatte über meine Gutgläubigkeit triumphiert. Wie ein Lauffeuer würde sich die Neuigkeit von meinem plötzlichen Abgang verbreiten, und ich konnte mir die höhnischen Bemerkungen vorstellen, mit denen er kommentiert werden würde. »Denk an Ricardo«, befahl ich mir. Doch so sehr ich mich auch bemühte, das Einzige, was unverrückbar feststand, war meine eigene Lächerlich-

keit. Deprimiert machte ich mich auf den Heimweg, der sich endlos vor mir erstreckte.

Mathilde würde eine Erklärung von mir fordern. Noch nie war ich eine Nacht weggeblieben, ohne sie vorher zu verständigen. Wie sollte ich zudem meinen endgültigen Abschied von der Schule rechtfertigen? Den wahren Grund für meinen plötzlichen Entscheid wollte ich ihr verschweigen. Nicht nur, weil ich mich dafür schämte, sondern auch, weil die Kluft zwischen Mathilde und mir bereits zu gross für ein offenes Gespräch war. Wie unnötig meine Überlegungen waren, sollte sich rasch zeigen.

Mathilde hatte an ihrem freien Tag eine feste Routine. Noch vor dem Frühstück ging sie eine Stunde joggen, dann duschte sie und las bei einer Tasse Kaffee die Zeitung. Wenn es das Wetter zuliess, setzte sie sich dafür auf die Terrasse. Dort würde ich sie wohl antreffen. Ich hatte mir einen unangreifbaren ersten Satz im Kopf zurechtgelegt, mit dem ich einem möglichen Streit vorbeugen wollte. Die Küche war, wie erwartet, leer, doch standen zwei Weingläser in der Spüle. Noch bevor ich mir darüber Gedanken machen konnte, vernahm ich ein Geräusch aus dem Schlafzimmer. Mathilde lag in unserem Bett. Aber nicht allein.

Donnerstag, 24. Oktober 2019

Endlich sind sie fertig, meine Aufzeichnungen über die Ereignisse des letzten Jahres. Schwarz auf Weiss stehen sie da. Es hat gut getan, mir alles noch einmal zu vergegenwärtigen und von der Seele zu schreiben. Nun kann ich meinen Blick nach vorne richten.

In der Ungewissheit der Zukunft liegt etwas Verheissungsvolles. In guten Momenten kann ich das erkennen und gebe mich unschuldigen Tagträumen hin. Ich kann mich neu erfinden. Als ein anderer. Als einer, der ich sein möchte.

Morgen steht mein erstes Vorstellungsgespräch an. Ich mache mir keine Illusionen, ich werde nicht der einzige sein, der sich um diese Stelle bewirbt. Allerdings sind meine Voraussetzungen gut. Stilsicheres Deutsch und Interesse an politischen Fragen werden gewünscht, sowie zeitliche Flexibilität. Was die politischen Fragen angeht, bin ich nicht mehr auf dem Laufenden. Deshalb habe ich mir drei verschiedene Tageszeitungen gekauft und werde mich für den Rest des Tages dieser Lektüre widmen.

Freitag, 25. Oktober 2019

Nun heisst es abwarten. Der Text, den ich über die vorgesehenen Neuerungen in der Sozialhilfe zu verfassen hatte, ist mir gut gelungen. Ein neuer Sakko für die beiden Stunden vor dem Computer war allerdings hinausgeworfenes Geld. Ein Händedruck vorher, ein Händedruck nachher – darauf hat sich der zwischenmenschliche Kontakt beschränkt. Mir war es recht so.

Ein unangenehmer Wind hat eingesetzt und wirbelt tote Blätter vor sich her. Umso behaglicher ist es, im bequemen Ohrensessel drinnen im warmen Hotelzimmer die Nase in einen dicken Schmöker zu stecken, begleitet vom sanftem Klopfen der Regentropfen ans Fenster. Niemand wartet auf mich, niemand will etwas von mir. Die Zeit gehört mir allein.

Montag, 28. Oktober 2019

Ich war gerade am Rasieren, als mein Handy klingelte. Einen Moment lang dachte, ja hoffte ich, es wäre Mathilde.

»Lass sie los, lass es klingeln!« Geflissentlich überhörte ich die Einflüsterung meines alter Ego, wischte mir den Schaum vom Kinn und angelte mit glitschigen Händen das Telefon aus der Tasche meines neuen Sakkos. Eine unbekannte Nummer. Um es kurz zu machen: Ab dem ersten des kommenden Monats werde ich über eine schicke Visitenkarte verfügen, die mich als redaktionellen Mitarbeiter der zweitgrössten Tageszeitung der Stadt ausweist. Zunächst werden es nur kleinere Aufträge für den lokalen Teil sein, doch wenn ich mich bewähre, werde ich auch längere Berichte und Reportagen verfassen können.

Zur Feier des Tages gönnte ich mir ein ausgiebiges Frühstück im angesagtesten Restaurant der Stadt, schlenderte ziellos unter dem nun wieder freundlichen Himmel durch die Strassen und schaffte mir ein paar neue Kleider an. Mein besonderer Stolz aber gilt der Ledermappe, die meinem Auftreten am ersten Arbeitstag einen professionellen Anstrich geben soll.

Es ist seltsam. In guten Momenten ist es schwieriger allein zu sein als in schlechten. Was würde ich dafür gegeben, einen Menschen um mich zu haben, mit dem ich mein Glück teilen könnte! Einen Anruf an Mathilde untersage ich mir strikt. Doch mit Wehmut denke ich nun sogar an die ereignislosen Abende mit ihr auf der Couch vor dem Fernseher zurück.

Dienstag, 29. Oktober 2019

Waschen, Wohnungsinserate checken, Kino. Nettes Restaurant entdeckt.

Mittwoch, 30. Oktober 2019

Drei Wohnungsbesichtigungen. Die Interessenten gaben sich die Klinke in die Hand und beäugten sich gegenseitig misstrauisch. Kein Lächeln. Wir sind schliesslich Konkurrenten. Ich schraubte meine Ansprüche herunter. Nichtraucher werden bevorzugt. Gut so. Sie benötigen auch keinen Balkon. Drei Zimmer sind reiner Luxus. Zwei wären wünschenswert, eines würde zur Not genügen. Ich füllte Formulare aus, gab Auskunft über Zivilstand, Kinder, Haustiere, Musikinstrumente oder anderweitige potenziell die Nachbarschaft belästigende Hobbys. Bei mir alles unverdächtig. Doch meine Erwartungen sind tief.

Müde und abgekämpft entschied ich mich gegen einen Spaziergang und für die Strassenbahn, um zurück zu meinem Hotel zu gelangen. An der Haltestelle stand, auf eine Krücke gestützt, ein altes Mütterchen, umgeben von einem Wall aus prall gefüllten Plastiktaschen. Als die Bahn um die Ecke bog, nickte ich dem Mütterchen zu. Um ihm beim Einsteigen zu helfen, fasste ich schon mal mit jeder Hand drei Säcke. Doch da kreischte die Alte und erhob ihre Krücke drohend gegen mich.

»Du Dieb! Nimm sofort deine dreckigen Pfoten weg!«

Die Passanten drehten sich missbilligend nach mir um

und ich liess die Taschen fallen. So endete mein erster Versuch, ein anderer zu sein und einer bedürftigen Seele unter die Arme zu greifen.

Donnerstag, 31. Oktober 2019

Heute vier Wohnungsbesichtigungen. Noch schlimmer als gestern.

Um mich etwas aufzuheitern und meinem Körper etwas Gutes zu tun – schließlich werde ich ab Montag vor allem am Schreibtisch sitzen –, kaufte ich mir ein Paar Joggingschuhe und trabte durch den weitläufigen Park am Stadtrand. Unterwegs kreuzte ich immer wieder Gleichgesinnte und fühlte mich aufgehoben wie schon lange nicht mehr. Zwar fiel kein einziges Wort zwischen uns, doch bemühte ich mich, stets als erster aufmunternd zu lächeln, was mir meistens ebenfalls mit einem Lächeln gedankt wurde.

Nach wie vor kein Ton von Mathilde.

Freitag, 1. November 2019

»Sie sind unter den letzten vier Bewerbern für die Wohnung an der Kreuzgasse 17. Bitte melden Sie sich unter der Nummer 0800 43 34 43 für einen Termin.« Was ich umgehend tat. Und den Bescheid erhielt, dass die Wohnung vor fünf Minuten vergeben worden sei.

Inzwischen kenne ich viele Facetten der Einsamkeit: die nagende, die bedrückende, die hoffnungslose und die verheissungsvolle. Auch die gibt es. Doch vermag sie sich jeweils nur kurz zu halten. Allzu rasch macht sie einer der anderen Platz. Dagegen musste ich etwas unternehmen. Also habe ich mir eine Liste von Orten angefertigt, wo sich Menschen in einer Stadt treffen. Die Liste ist erstaunlich lang ausgefallen. Dreiundzwanzig Positionen umfasst sie, um genau zu sein. Ich habe sie ergänzt mit Situationen, in denen man leicht Kontakte knüpfen kann. Ganz zuoberst habe ich notiert: ein Stammlokal finden. Eigentlich naheliegend gegen drohende Vereinsamung. Und so nahm ich meinen Mantel vom Haken und machte mich auf die Suche nach meinem künftigen Stammlokal.

Zwei Strassen weiter wurde ich fündig. Ein Blick durchs Fenster überzeugte mich auf Anhieb. Ich trat ein, setzte mich an einen runden Tisch und bestellte ein Bier. Das Lokal war halbvoll. Leise geführte Gespräche an den besetzten Tischen sorgten für eine angenehme Geräuschkulisse. Ich konnte mir ohne weiteres vorstellen, hier länger zu verweilen, vielleicht sogar einen Artikel aus meinen Notizen zusammenzuschustern. Noch bevor ich den ersten Schluck genommen hatte, setzten sich zwei Herren an meinem Tisch, beachteten mich aber nicht weiter. Sie schienen Arbeitskollegen zu sein. Kurz darauf öffnete sich erneut die Tür und ein dritter Mann nahm Kurs direkt auf mich zu.

»Beweg deinen Arsch. Setz dich da drüben hin, wenn es denn sein muss. Siehst du nicht, da steht Stammtisch, STAMMTISCH! Dir muss man's ja offenbar buchstabieren.«

Als ich in mein Zimmer zurück kam, nahm ich einen dicken Stift und strich den ersten Punkt meiner Liste durch.

Sonntag, 3. November 2019

Ein weiteres einsames Wochenende habe ich zum Glück ohne grosse Krisen hinter mich gebracht. Joggen, ein kurzer Besuch in der öffentlichen Bibliothek, ein grösserer Einkauf. Die letzten beiden Orte figurieren als Punkte drei und acht auf meiner Liste. Erfolg gleich Null, ich habe mit keiner Menschenseele gesprochen. Das Fernsehen bietet einen schalen Trost.

Doch ab morgen soll alles anders werden. Mein bügelfreies Hemd liegt bereit – Waschsalon an der Hallerstrasse, Punkt achtzehn auf meiner Liste –, die Ledermappe glänzt edel vor sich hin und die Aussicht auf eine Veränderung macht mein Herz leicht. Nachrichten sind in Zukunft Pflicht, also sah ich sie mir an. Es ist mir gelungen, trotz all des Elends, das mir da serviert wurde, meine positive Stimmung zu bewahren. Frühe Bettruhe ist angesagt, denn ich will meine neue Arbeitsstelle frisch und ausgeruht antreten. Einen kleinen Single Malt gönne ich mir noch und eine Viertelstunde Lektüre in meinem Ohrensessel.

Dienstag, 5. November 2019

Gestern war ich schlicht zu erschöpft für einen Eintrag. Mein Vorgesetzter mit dem wohlklingenden Namen Kornblum scheint ganz nett zu sein. Auf jeden Fall war er äusserst bemüht, mir alle Annehmlichkeiten meines neuen Arbeitsplatzes nahezubringen. So wies er auf den ergonomischen Bürostuhl hin, der sich auf alle erdenkliche Weisen exakt meinen Bedürfnissen entsprechend einstellen lasse, betonte, wie kurz der Weg zum Kopierer sei und rühmte die schmackhaften Gerichte in der Kantine. Ich schüttelte unter seinem wohlwollenden Blick Hände von Menschen, deren Gesichter ich mir nicht merken konnte. Fast entschuldigend wies er mir eine Aufgabe zu, die ich in einer Stunde erledigt hatte. Meine Müdigkeit am Ende des Tages erstaunte mich, hatte ich doch noch kaum gearbeitet.

Donnerstag, 7. November 2019

Heute nur kurz: Die Tage in der Redaktion verfliegen im Nu. Meine bisherigen Artikel wurden – falls überhaupt – sachlich kritisiert. Damit kann ich gut leben. Ich berichtete über eine Gemeindeversammlung, an der heftig darüber gestritten wurde, ob ein verweigerter Handschlag eine Einbürgerung verunmögliche oder nicht. Die grösste Herausforderung für mich wird sein, meinen eigenen Standpunkt nicht in meine Arbeit einfliessen zu lassen. Doch auch das ist lernbar. Nächste Woche steht ein Artikel über die kürzlich erfolgte Eröffnung eines Hallenbads an. Dazu habe ich zum Glück keine eigene Meinung.

Den elften Punkt meiner Liste werde ich heute Abend umsetzen: Besuch eines Konzerts. In meiner gegenwärtig stabilen Verfassung kann mich auch der Titel »schwärmerische Erstlinge« nicht abschrecken. Meistens bin ich an solchen Anlässen der Jüngste. Doch auch das soll mich nicht hindern.

Freitag, 8. November 2019

Noch immer vermisse ich Mathilde. Genauer: die Wärme ihres Körpers und ihr unkompliziertes Selbstverständnis. Und ihren Duft. Doch die Gedanken an sie werden seltener. Und in nicht allzu ferner Zeit werde ich ihr sogar ihr neues Glück gönnen, das sie, wie es scheint, gefunden hat.

Was die Wohnungssuche angeht, habe ich mir eine Auszeit verordnet. Ich fühle mich wohl in diesem Hotelzimmer und betrachte es mittlerweile als mein Zuhause. Wenn ich im Ohrensessel am Fenster sitze und die Herbstsonne den Raum in goldenes Licht taucht, wünsche ich mir nichts anderes. Für meine beschränkten Kochkünste brauche ich keine Küche. Erfreulich ist die feste Matratze, die allem widerspricht, was ich mir bis jetzt von Hotelbetten gewohnt war.

Sonntag, 10. November 2018

Heute unternahm ich einen Ausflug in die Umgebung zu einer kleinen Kirche, die berühmt für ihre Deckenmalerei aus dem fünfzehnten Jahrhundert ist. Noch bekannter und als Ausflugsziel beliebter ist das in Fussdistanz zum Kirchlein gelegene Restaurant mit einem unvergleichlichen Ausblick auf die Alpen. Ich bestellte ein Hausdessert. Schon als die mürrische Serviererin den überladenen Teller vor mich hinstellte, ahnte ich, dass da mehr Last als Lust auf mich zukommen würde. Und diese Ahnung sollte sich noch auf ganz andere Weise bestätigen. Kaum hatte ich den Löffel in die süsse Masse getaucht, fragte mich ein mittelalterliches Paar höflich, ob an meinem Tisch noch zwei Plätze frei seien. Punkt sechs auf meiner Liste lautet: »Jedes Kontaktangebot sofort freundlich annehmen«, also hiess ich die beiden willkommen und widmete mich wieder meiner unlösbaren Aufgabe. Es dauerte nicht lange, und ein handfester Streit entbrannte zwischen den beiden. Zuerst stellte ich mich taub, was angesichts der zunehmenden Lautstärke, in der die gegenseitigen Anschuldigungen vorgetragen wurden, bald unglaubwürdig wirkte. Ich nahm all meinen Mut zusammen und sagte:

»Hätte ich gewusst, dass Sie sich nur zum Streiten an diesen Tisch setzen würden, hätte ich ihnen den Platz nicht angeboten.«

Damit kam ich an die falsche Adresse.

»Aha, Sie streiten sich also nie?«, giftete die Frau.

Ihr Mann doppelte nach. »Solche Jammerlappen wie Sie, denen offenbar nie ein lautes Wort entschlüpft, sind schlicht lebensuntauglich.«

Und ehe ich mich's versah, war ich Zielscheibe ihres Zorns, sämtliche meine Beschwichtigungsversuche wurden als leeres Gewäsch abgetan und mit Hohn und Spott bedacht. Schliesslich stand ich auf, bezahlte am Tresen und liess den kaum angerührten Teller stehen.

Zuhause angekommen, stellte ich mich im Badezimmer vor den Spiegel und erforschte mein Gesicht mit den Augen meines neuen alter Ego. Ein attraktives Gesicht in gefälligen Proportionen, der Mund wohlgeformt, klare, für einen Mann fast unverschämt dicht bewimperte blaue Augen, die äusseren Augenwinkel mit leichter Tendenz nach oben, dunkelbraunes, auf der Seite gescheiteltes Haar, klassische weder zu grosse noch zu kleine Nase, durch die noch nicht ganz verblasste Sommerbräune schimmern dunkle Bartstoppeln an den genau richtigen Stellen. Also nahezu perfekt. Vielleicht zu perfekt. Ohne Ecken und Kanten. Doch das soll sich ändern. Wenn auch nicht äusserlich, so innerlich. Ich bin es leid, anderen als willkommene Projektionsfläche zu dienen. Ich bin weder Dieb noch Jammerlappen. Sondern der neue Max. Wir zwinkern uns im Spiegel zu. Mit einem Verbündeten fällt vieles leichter.

Mittwoch, 13. November 2019

Die Ledermappe liegt prall vor mir. Zur Sicherheit habe ich gleich noch eine Badehose und ein Frotteetuch mit eingepackt. Das neue Hallenbad verfügt über ein 50-Meter-Schwimmbecken, das einzige in dieser Stadt. Zur Desinfektion des Badewassers wird ein neues, noch kaum erprobtes Mittel eingesetzt. Schon um dessen Verträglichkeit zu testen, wird es mir wohl nicht erspart bleiben, mich ins kühle Nass zu wagen. Die Betriebsleitung will mir als Pressevertreter ein kleines Mittagessen im neu eröffneten Restaurant offerieren. Allein daran kann ich ablesen, welche Bedeutung einer günstigen Beurteilung zukommt.

Später. Umkleiden waren für mich stets ein Ort des Grauens. Doch im neuen Hallenbad sind sie erfreulich grosszügig, hell und sauber. Sogar der charakteristische Geruch fehlte, wie ich feststellen konnte, als ich mich umzog. Ich beschloss, vorerst einmal inkognito einen Augenschein vorzunehmen. Ich schwamm vier Längen in annehmbarer Zeit und versuchte einen Salto vom Sprungbrett, der in einem unschönen Platschen seinen Abschluss fand. Noch einmal vier Längen, und mein positives Urteil war gefällt. Ich kraulte zurück zur Leiter und hievte meinen nun wieder schweren Körper aus dem Wasser. Wo war bloss der Ausgang Richtung Umkleide? In dem Moment wurde ich beinahe von den Beinen gerissen. Ein weiches und zugleich hartes nasses Etwas hatte mich unsanft von hinten getroffen. Ich drehte mich um. Auf dem Boden lag regungslos eine junge Frau in einem knallroten, hochgeschnittenen Schwimmanzug. Sie schien auf den glitschigen Fliesen ausgeglitten zu sein. Ich bückte mich zu ihr hinunter und notierte innerlich einen Abstrich an meiner günstigen Bewertung.

»Hallo, hören Sie mich?«

Keine Regung. Die Frau war ohnmächtig. Und kein Bademeister weit und breit – zweiter, grösserer Abstrich. Hier von Fahrlässigkeit zu sprechen, wäre nicht vermessen. Eine vage Erinnerung an die Seitenlage streifte mich, und es gelang mir, mehr schlecht als recht, die junge Frau in annähernd diese Position zu bringen und ihren Kopf nach hinten zu biegen, um zu verhindern, dass sie am eigenen Erbrochenen erstickte. Doch die junge Frau dachte nicht ans Erbrechen.

»Was willst du? Lass das!«, noch sehr benommen. »Wo bin ich?«, nun schon ziemlich klar.

»Sie müssen auf den nassen Fliesen ausgerutscht sein.«

Die junge Frau richtete sich auf, griff sich an den Rücken. Bald würden die Spuren ihres Unfalls in allen Regenbogenfarben schillern.

Ich half ihr auf und stellte fest, dass sie sehr zierlich war. Ihr Kopf reichte mir gerade mal bis zur Brust.

»Kann ich sonst noch etwas für Sie tun?«

Sie schüttelte den Kopf, schnappte sich ihr Badetuch, das auf einer Stufe der gefliesten Treppe lag, und verschwand, nun wieder sicheren Schritts, in der Damenumkleide.

Auch ich zog mich um, beschloss, das angebotene Mittagessen sausen zu lassen, und postierte mich gut sichtbar am Ausgang. Mein Interesse an ihrem Wohlbefinden war nur vorgeschoben, dessen war ich mir bewusst. Ich wollte diese Frau näher kennen lernen. Zehn Minuten später erschien sie, eine überdimensionierte Sporttasche über die Schulter gehängt.

»Vielen Dank dem edlen Retter«, sagte sie, leicht spöttisch, und weg war sie, bevor ich irgendetwas sagen konnte. Schliesslich kehrte ich wieder um und liess mir bei einem knackigen Salat die chemische Zusammensetzung des neuen Desinfektionsmittels erklären. Ich bemühte mich, den Ausführungen zu folgen, doch mit meinen Gedanken war ich immer noch bei dieser geheimnisvollen Frau. Und wieder einmal beklagte ich meine mangelnde Schlagfertigkeit.

Donnerstag, 14. November 2019

Die gestrige Begegnung will mir nicht aus dem Kopf. Wie stellt man es an, einen Menschen wieder zu sehen, von dem man weder Name noch Adresse kennt? Die einfachste Regel besagt: *same time, same place*. Und eine modischere Badehose werde ich mir auch anschaffen.

Dienstag, 19. November 2019

Ich bin etwas nachlässig geworden, was mein Tagebuch angeht. Daran schuld ist einerseits die Arbeit, die mich nun doch stärker beansprucht als am Anfang gedacht. Der Hauptgrund jedoch ist ein erfreulicher: nirgendwo drückt der Schuh. Es geht mir gut. Droht Einsamkeit aufzukommen, zücke ich meine Liste und lasse mich davon inspirieren. Mein neues Leben in dieser Stadt hat nun definitiv begonnen, und ich bin gespannt auf alles, was mich erwartet.

Morgen werde ich sie wiedersehen. Hoffentlich.

Mittwoch, 20. November 2019

Als Lilith endlich erschien, hatte ich zwei Kilometer im Wasser zurückgelegt, meine Fingerbeeren waren schon ganz schrumpelig.

Sie heisst Lilith. Zurück in der Redaktion, habe ich sofort gegoogelt. *Lilith wird im Babylonischen als Sturmdämon oder Windgeist, später im Hebräischen als Nachtdämon, ,die Nächtliche', dargestellt. In jüdischen Überlieferungen gilt Lilith als erste von Gott erschaffene und somit auch als erste Frau Adams.*

Wie eine Woche zuvor trug Lilith den roten, hochgeschlossenen Einteiler. Sie blickte sich nicht um, vollführte einen Kopfsprung und schwamm ohne Unterbruch zwanzig

Längen. Danach planschte sie noch eine Weile im Wasser herum wie ein vergnügtes Kind, dabei entdeckte sie mich auf der Aussenbahn. Meine Bewegungen hatten merklich an Kraft verloren, und ich bedauerte, dass sie nicht schon früher gekommen war. Ich nickte ihr mit einem Lächeln zu, das sie erwiderte. Da ich nicht den Anschein erwecken wollte, ihr aufzulauern, wartete ich, bis Lilith sich abgetrocknet und Richtung Umkleide verschwunden war. Danach stieg auch ich aus dem Wasser. Hastig kleidete ich mich an, trocknete mein Haar nur notdürftig, packte meine Sachen zusammen und begab mich Richtung Ausgang. Lilith stand schon dort, auch sie mit noch feuchtem Haar.

»Und, darf ich meinen Retter als kleines Dankeschön heute zu einer Tasse Kaffee einladen?«

Sämtliche Ratgeber zum Thema *erste Begegnung* warnen davor, sich als allzu leichte Beute zu erkennen zu geben. Davon hatte sogar ich schon gehört.

»Sehr gerne«, antwortete ich ohne Zögern, und so kam es, dass sich Lilith und ich schon bald über einer Tasse heisser Schokolade mit viel Sahne näher kennenlernten.

»Bist du jeden Mittwoch hier?«, wollte sie als erstes wissen.

Ich entschied mich für eine harmlose Lüge und bejahte.

»Toll«, meinte sie, »dann sehen wir uns vielleicht öfter«.

Ich setzte mir zum Ziel, das unverbindliche *vielleicht* bis zum Ende unserer Unterhaltung zum Verschwinden zu bringen.

Lilith arbeitet an einem Kiosk. Nicht ihr Traumjob, wie sie betonte, doch sie spart Geld für eine Schauspielschule.

»Und so schlecht ist die Arbeit gar nicht. Oft habe ich nichts zu tun, dann esse ich Schokolade und bilde mich weiter. Frag mich irgendetwas zu einem europäischen Königshaus, und ich weiss die Antwort, wetten?«

»Alle Namen der Kinder der Queen, bitte sehr.«

»Ist das alles?«

Lilith ratterte sie herunter, inklusive gegenwärtige und verflossene Ehepartner, und vergass auch die blaublütigen Grosskinder nicht.

Ich war beeindruckt. Nicht nur von dem, was sie sagte. Lilith hat Ähnlichkeit mit einem Kobold in Schneewittchenfarben. Ihr schwarzes Haar, das inzwischen getrocknet war, bildet einen reizvollen Gegensatz zu ihrem hellen, fast weissen Teint. Die ungeschminkten Lippen sind von einem Rot, das an reife Himbeeren denken lässt. Sie liebt es zu necken. Und lässt dabei ihre blauen Augen sprühen. Auch lacht sie oft. Gerne hätte ich gewusst, ob sie einen Freund hat, doch diese Frage spare ich mir bis zum nächsten Mal auf. Dass es dazu kommen wird, machte Lilith bei unserem Abschied klar.

»Also, Pressefuzzi, du hast die Wette verloren und bezahlst. Nächsten Mittwoch bin ich dran, versprochen. Und wenn ich einmal berühmt bin, gebe ich dir ein Exklusivinterview.«

Allzu viele Hoffnungen darf ich mir nicht machen. Es ist undenkbar, dass ich der Einzige bin, der von Lilith verzaubert ist.

Freitag, 22. November 2019

Mathilde hat angerufen. Wie es mir gehe, wollte sie wissen. Und weshalb ich einfach so abgehauen sei. Als ob ich das wäre. Ich versicherte ihr, dass es mir gut gehe, ging aber auf die zweite Frage nicht ein. Wohin sie meine Sachen bringen könne? Eine gewisse Besorgtheit schwang in ihrer Stimme mit, und daran erkannte ich die Mathilde, die mir vertraut war. Ich unterliess es, mich nach ihrem neuen Liebhaber zu erkundigen. Mathildes und mein Weg haben sich getrennt. Nicht auf meinen Wunsch, doch es ist gut so, wie es ist.

Wir verabredeten, dass sie sich melden würde, wenn sie wieder einmal in der Hauptstadt wäre. Viel ist es nicht, was ich in Mathildes Wohnung zurückgelassen habe. Am meisten vermisst hatte ich am Morgen meiner Ankunft meine Zahnbürste. Und mir sogleich eine neue gekauft. Sie steht jetzt ganz allein im Zahnglas in meinem Badezimmer im Hotel. Und auch das ist gut so.

Samstag, 23. November 2019

Nun lebe ich also von Mittwoch zu Mittwoch. Ich komme mir vor wie ein Kind, das die Tage an seinen Fingern abzählt, bis endlich der ersehnte Geburtstag da ist. Dank der Aussicht auf ein baldiges Wiedersehen mit Lilith erscheint mir das angebrochene Wochenende zwar lang, aber machbar, und ich bin entschlossen, es nicht tatenlos verstreichen zu lassen. Also habe ich beim ersten Kaffee heute morgen meine Liste konsultiert und dabei ein gewisses Vergnügen empfunden. Grund dafür mag die Tatsache sein, dass auf meinen Unternehmungen nun nicht mehr der Druck lastet, neue Bekanntschaften zu machen. Ich habe ja nun Lilith. Zumindest als Plan. Als Hoffnung. Von Haben kann natürlich noch keine Rede sein.

Heute bläst ein eisiger Wind, und so habe ich mich für einen Kinobesuch entschieden. Auch wenn Kinobesuche nicht auf meiner Liste stehen, da sich im Dunklen kaum neue Kontakte knüpfen lassen. Den morgigen Tag werde ich mit Zeitungen lesen verbringen und mir nach getaner Arbeit ein leichtes Nachtessen im Hotel gönnen. Gerne würde ich selber, vorerst einmal probehalber, ein aufwändig scheinendes, aber in der Zubereitung einfaches Gericht kochen. Doch dazu fehlt mir nun die Küche. Ich werde Lilith in ein Restaurant ausführen müssen.

Montag, 25. November 2019

Mathilde will mir heute meine Sachen bringen. Einige Kleider und Bücher und ein Büchergestell finden in meinem Hotelzimmer Platz, den Rest werde ich in einem Depot einlagern, das ich heute Morgen auf dem Weg in die Redaktion angemietet habe.

Ein Teil von mir freut sich auf Mathilde. Ein anderer verbietet mir solche Regungen, schliesslich hat sie mich hintergangen. Doch wie schon so oft in vergleichbaren Situationen nahm ich mir den Wind gleich selber aus den Segeln.

Fast automatisch versetze ich mich in die Lage des Gegenübers, etwas, das meinem Standpunkt regelmässig seine Festigkeit nimmt. In Mathildes Fall erahne ich die Verunsicherung, von der sie nach dem Zwischenfall mit Isabelle befallen wurde, die Zweifel, trotz ihrem negativen Urteil über diese Schülerin. Und da Mathilde Klarheit liebt, muss es ihr besonders schwer gefallen sein, sich vorbehaltlos hinter mich zu stellen, zu überzeugend wirkten Isabelles Anschuldigungen.

Ich habe den Vorhang noch etwas zurückgezogen, um freie Sicht auf den Kirchturm zu gewähren, die Bettdecke glattgestrichen und meinen Sessel etwas näher zum Fenster gerückt. Ich will Mathilde beeindrucken, ihr zeigen, wie gut ich es habe, wie behaglich es sich in einem Hotelzimmer leben lässt. Sie soll nicht denken, ich würde einsam in einer schäbigen Unterkunft ein freudloses Dasein fristen und mich nach ihrer schicken Wohnung zurücksehnen.

Später. Mathilde ist gegangen. Ihr Liebhaber heisst Fredo. Das hat sie mir bei einem Glas Wein in der Hotelbar erzählt. Nichts Festes, wie sie behauptete, beide würden das so sehen. Bei ihr eingezogen sei er nicht, auch wenn die Wohnung Platz für zwei biete, wie mir ja bekannt sei. Ich korrigierte im Stillen »noch nicht eingezogen« und stellte mir die beiden beim Frühstück in der Küche vor, Fredo mit nackten behaarten Beinen. Seltsamerweise löste diese Vorstellung keine Wut bei mir aus, auch keine Eifersucht. Was mich beschäftigte, war vielmehr meine Unfähigkeit, zu Mathilde Nähe aufbauen zu können, so sehr ich es versuchte. Ihre Art, eine Haarsträhne hinters rechte Ohr zu schieben, ihre Stimme, ihr Lachen, ja sogar das Kleid, das sie trug – all das war mir vertraut, doch hatte sich eine unsichtbare Wand zwischen uns geschoben, die zu überwinden mir unmöglich war.

Dienstag, 26. November 2019

Das herausstechendste Ereignis dieser Woche hat noch gar nicht stattgefunden: Morgen werde ich sie sehen! Die Zeit scheint still zu stehen.

Mittwoch, 27. November 2019

Lilith liebt es zu spielen.

»Lieblingsschauspieler?« Lilith schaute mich fragend an.

Ich überlegte kurz, und da fiel mir ein Film ein, den ich kürzlich in einer Retrospektive gesehen hatte. Endstation Sehnsucht. Der junge Marlon Brando auf seiner Harley in einem Tanktop. Lilith würde zu jung sein, um ihn zu kennen. »Marlon Brando. Du?«

»Aha, ein Macho. Scarlett Johansson.«

»Sexappeal vor Schönheit«, neckte ich zurück, erstaunt, dass Lilith wusste, wen ich gemeint hatte. »Lieblingsfarbe?«

»Schwarz, Rot. Und Weiss.«

»Bei mir wechselt das, je nach Stimmung. Sicher nicht Orange und Braun. Eher Blau. Lieblingstier? Bei mir klar der Elefant.«

»Küchenschabe«, kam es prompt von Lilith.

Ich schaute sie zweifelnd an. »Echt?«

»Ist doch langweilig, Farben, Tiere und so Zeugs. Ein Geheimnis?«

So schnell fiel mir dazu nichts ein. Oder doch.

»Ich heisse Max, richtig?«

Lilith nickte, gespannt, worauf meine Frage hinauslaufen würde.

»Abkürzung von?«

»Maximilian, ist doch klar!« Lilith, wie aus der Pistole geschossen.

»Falsch. Auf meiner Taufurkunde steht Maxence. Eine Reminiszenz an den Parisaufenthalt meiner Mutter in jungen Jahren. Vater lenkte ein. Ihm war klar, dass mich später ohnehin alle Max nennen würden. Nun du.«

»Ich mag dich.« Lilith lachte. »Ein Geständnis?«

Ich hätte es mir einfach machen und einen belanglosen Ladendiebstahl bekennen können. Doch Liliths Gegenwart hatte eine seltsame Wirkung auf mich. Ich wagte es, ehrlich zu sein, ohne Furcht vor Bestrafung.

»Als ich ein kleiner Junge war, fünf oder sechs Jahre alt, habe ich einem Frosch die Beine ausgerissen. Einfach so. Und der hilflosen Kreatur dabei zugeschaut, wie sie krepierte.«

Lilith hatte sofort erfasst, dass die Stimmung von heiter nach ernst gekippt war. Zunächst sagte sie gar nichts. Ich fühlte mich nackt und angreifbar.

»Du warst doch damals nur ein kleiner, dummer Junge und hattest keine Ahnung, was du da tust. Kinder sind oft grausam, doch sie meinen es nicht böse. Sie sind neugierig, wollen die Welt erforschen. Nimm es dir nicht so zu Herzen!«

Sie rutschte näher zu mir, nahm meine Hand und drückte sie. Dann gab sie mir einen Kuss. Seither schwebe ich. Die Frage, ob sie einen Freund hat, scheint mir nach diesem Kuss überflüssig.

Donnerstag, 28. November 2019

Schlaflosigkeit kann viele Gründe haben, doch nur einen wirklich guten: ich bin verliebt! Aus Überschwang kaufte ich gleich eine Tüte voll frischer Brötchen für meine Kolleginnen und Kollegen auf der Redaktion. Meine Arbeit macht mir nach wie vor Freude. Überhaupt bietet mein Job wohl eine der besten Möglichkeiten, diese Stadt noch besser kennen zu lernen.

Lilith und ich wollen uns morgen Abend wieder treffen. Sie mag funkigen Blues und kennt ein Lokal, in dem eine ihrer Lieblingsbands auftritt. In Begleitung von Lilith würde ich mir sogar volkstümlichen Schlager anhören.

Samstag, 30. November 2019, noch sehr früh

Das Konzert war fantastisch. Lilith hat einen ganz eigenen Tanzstil, der Grazie mit Schabernack verbindet, und das absolut rhythmussicher. Wir verständigten uns mit Blicken und Berührungen, sprachen kaum ein Wort. Und immerzu lachte Lilith auf eine unbeschwerte Weise, die mich ansteckte. Durch ihr dünnes Kleid aus einem seidenartigen Stoff konnte ich ihren Körper dicht an meinem spüren. Wünsche erwachten, doch hatte ich mir vorgenommen, Lilith die Initiative zu überlassen. Wir verliessen das Lokal und wurden überrascht von einer dünnen Schneeschicht auf Strassen und Gehsteigen, die an einigen Stellen schon eisig glänzten. Rasch knöpften wir unsere Mäntel über unseren erhitzten Körpern zu und schlitterten Hand in Hand über die glatten Flächen.

Lilith begleitete mich bis vor die Hoteltüre.

»Max, du hast keine Ahnung, wie sehr ich einen solchen Abend vermisst habe.« Sie schlang ihre Arme um meinen Hals und küsste mich nachdrücklich. Dann drehte sie sich um und verschwand in die Nacht.

Wie es Verliebten eigen ist, kann bereits ein Satz aus dem Mund der Einzigartigen zu stundenlangem Nachdenken und Mutmassen führen. Lilith scheint nebst unbeschwerten Zeiten auch freudlose durchgemacht zu haben. Inwiefern unbeschwert, inwiefern freudlos – das zu ergründen ist mein Ziel. Und ich kenne immer noch weder ihre Adresse noch ihre Telefonnummer.

Mittwoch, 4. Dezember 2019

Es scheint, dass ich mich erkältet habe. Der Hals kratzt, meine Stirn ist heiss und ich fühle mich schlapp. Doch ich will Lilith sehen. So werde ich mich wohl oder übel zum Hallenbad schleppen müssen, doch die Badehose lasse ich da.

Später. Als mich Lilith in meinem erbärmlichen Zustand am Eingang stehen sah, verzichtete sie auf ihr Schwimmtraining und lud mich stattdessen zu einer Tasse Tee ein. Nicht wie erhofft zu sich nach Hause, sondern in die Art Lokal, von der ich dachte, es gäbe sie nicht mehr. Drei Treppenstufen führten hinunter zu einer Tür, die so schwer war, dass ich sie, geschwächt wie ich war, nur mit Mühe aufstossen konnte. Wir bahnten uns einen Weg durch den Windfang aus zwei Militärwolldecken und betraten einen düsteren Raum, in dem an abgenutzten Holztischen vereinzelte Gäste sassen, vor sich eine Tasse Kaffee oder, trotz der frühen Stunde, ein Bier. Wir setzten uns an einen Tisch am Fenster. Es dauerte, bis die Bedienung kam, um unsere Bestellung aufzunehmen. Die Frau passte in die Kneipe. Der dunkle Haaransatz verriet, dass es schon eine Weile her war, seit ihr Haar zum letzten Mal gebleicht wurde. Ein kaum wahrnehmbarer animalischer Schweissgeruch hatte sich in ihrem zu knappen schwarzen Polyester-Kleid festgesetzt, den ich bemerkte, als sie den von Lilith verordneten Tee vor mich hinstellte.

»Svetlana, noch eins«, verlangte der Mann am Nebentisch und reckte sein Bierglas in die Höhe. Die dünnen langen Haarsträhnen, die er sich quer über den Kopf frisiert hatte, vermochten seine Glatze nicht zu kaschieren. Er blätterte in einer Boulevardzeitung, schenkte aber nur den in grossen Lettern prangenden Überschriften Beachtung. Ohne darauf gefasst zu sein, ergriff mich eine plötzliche Wehmut, ich sehnte mich zurück an den Ort, den ich verlassen hatte, um mich selber zu schützen, einen Ort, an dem nicht nur Überschriften zählten. Ich musste mir eingestehen, dass mir meine Arbeit als Lehrer fehlt, ich vermisse die jungen Gesichter vor mir, in denen eine noch unbekannte Zukunft schlummert, ja ich vermisse sogar den Geruch der Schule.

Lilith stupste mich an. »Alles in Ordnung mit dir?«

Und so kam es, dass ich Lilith alles erzählte. Nichts liess ich aus, nicht einmal das Gespräch der beiden Mädchen, das ich belauscht und Mathilde verschwiegen hatte. Lilith unterbrach mich nicht, sie hörte ruhig und aufmerksam zu. Dafür war ich ihr dankbar. Und noch mehr dafür, dass sie, als ich geendet hatte, schwieg. Ich winkte der Bedienung und bestellte eine weitere Tasse Tee. Lilith schloss sich mir an. Ihre Tasse mit heisser Milch, auf der sich eine widerliche fettige Haut gebildet hatte, mochte sie nicht mehr trinken.

»Und jetzt bin dann wohl ich dran«, meinte Lilith. »Schau mal, hier.« Sie schob ihr gewelltes schwarzes Haar aus dem Gesicht. Ich konnte eine feine Narbe dicht unter dem Haaransatz erkennen, die sich von der Mitte ihrer Stirn bis zu ihrem linken Ohr zog.

»Das Werk meines Vaters. Ich war damals sechs Jahre alt und schon daran gewöhnt, dass sich seine Wut gegen mich richtete.«

»Und deine Mutter?«, wagte ich zu fragen.

»Meine Mutter liess es zu. Und meine Geschwister hielten sich raus. Sie kuschten vor meinem Vater. Ich nicht. Und weisst du, was eigenartig ist?«

Ich schüttelte den Kopf. Und bemerkte zugleich, dass Lilith sich verändert hatte. Verschwunden war das Neckische, Verspielte.

»Trotzdem bin ich dankbar für meine Kindheit. Ohne es zu wollen, hat mir mein Vater beigebracht, einen eigenen Willen zu haben und meinen eigenen Weg zu gehen.«

»Und heute?«

»Das ist kompliziert. Weisst du, ich hänge an meiner Familie. Auch wenn ich oft ungerecht behandelt wurde. Mit meinem Vater ist es anders. Er hat mich nie als den Menschen gesehen, der ich wirklich bin. Das Gute daran ist, dass er mich deshalb nie wirklich verletzten konnte, denn um jemandem schaden zu können, musst du ihn kennen.«

»Und das Schlechte?«

»Das, Max, kannst du dir an deinen eigenen Fingern abzählen. Und jetzt habe ich Hunger. Lass uns etwas essen.« Und vor mir sass wieder die alte Lilith.

Lilith hat viele Gesichter. Heute habe ich ein neues entdeckt. Und es scheint, dass sie mir noch mehr von sich zeigen will. Bevor wir das Lokal nach einer leicht versalzenen Suppe und einem erstaunlich leckeren Braten verliessen, drückte mir Lilith einen mehrfach gefalteten Zettel in die Hand.

»Erst lesen, wenn ich weg bin. Ich muss los, meine Kollegin wartet.« Sie umarmte mich und gab mir einen Kuss. Als sie ein paar Schritte gegangen war, drehte sie sich noch einmal um und winkte zurück.

Liliths Botschaft brannte in meiner Hand. Ich zwang mich, sie nicht sofort zu lesen. Solange ich nicht wusste, was auf dem Zettel stand, konnte es noch alles sein. Und ich fragte mich, was ich mir eigentlich erhoffte. Ein Liebesgeständnis? Ich bin zweifellos verliebt, doch was Liliths Gefühle für mich angeht, tappe ich im Dunkeln. Sie mag mich. Das auf jeden Fall. Doch ich wünsche mir Liebe. Schliesslich überwog meine Neugierde. Mit leicht zittrigen Fingern entfaltete ich den Zettel, wie ich erst jetzt bemerkte, die abgerissene Ecke einer Papierserviette.

»Morgen 22 Uhr Bushaltestelle Moorgarten.«

Das Rätseln geht weiter. An Schlaf wird wohl vorerst nicht zu denken sein.

Freitag, 6. Dezember 2019

Ich bin verwirrt. Und gleichzeitig müde und aufgekratzt.

Gestern schneite es den ganzen Tag über. Eine zuckrig weisse Decke liegt über den Dächern und Strassen der sonst so grauen Stadt. Als ich mich früher als nötig zu Liliths geheimnisvollem Treffpunkt aufmachte, knirschten meine Schritte im frisch gefallenen Schnee. Ich hatte beschlossen, den ganzen Weg zu Fuss zu gehen, um der seltenen Pracht die Ehre zu erweisen. Damit ich für Lilith gut sichtbar war, stellte ich mich am Treffpunkt unter eine Strassenlampe. Leute stiegen aus dem Bus aus, stiegen ein, doch von Lilith keine Spur. Langsam wurde ich unruhig. Und da entdeckte ich im Schein der Strassenlampe einen, ja mehrere grosse Blutstropfen. Ich bückte mich und stellte erleichtert fest, dass es nur Rosenblätter waren. Rote Rosen auf weissem Schnee. Lilith hatte mir eine Fährte gelegt. Ich folgte der Spur, überquerte eine Strasse, bog um eine Hausecke, und nach etwa dreissig Metern leiteten mich die Rosenblätter zu einem Gartentor, das nur angelehnt war. Es gehörte zu einem schätzungsweise hundertjährigen mehrstöckigen Haus. Ich schob das Tor auf und stapfte durch den Schnee bis zur Haustür. Sie war nicht verriegelt, und so trat ich ein. Die Fährte verströmte einen kaum wahrnehmbaren Duft und fand ihre Fortsetzung über die abgetretenen Steinstufen bis hin zu einer Wohnungstür auf der obersten Etage. Durch das eingelassene Milchglasfenster schimmerte warmes, flackerndes Licht. Die Tür stand einen Spalt breit offen. Für mich. Daran zweifelte ich keinen Moment. Ich schob mich hinein, schloss die Türe leise hinter mir und fand mich in einem grossen, in Kerzenlicht getauchten Raum wieder. Mittendrin befand sich eine eiserne Bettstatt, wie ich sie aus alten Filmen kenne. Lilith lag kunstvoll drapiert auf dem schwarzen Laken und stellte sich schlafend. Also spielte ich das Spiel mit. Behutsam näherte ich mich ihr. Lilith imitierte die tiefen Atemzüge einer Schlafenden. Sie war notdürftig mit einem roten Schal bedeckt, der ihre Nacktheit mehr betonte als verbarg. Offenbar hatte sie schon länger auf mich gewartet, denn in den weissen Kerzen, die überall im Zimmer verteilt waren, hatten sich Wachspfützen gebildet. Um Lilith besser betrachten zu können, ergriff ich die Kerze auf dem Nachttisch und setzte mich vorsichtig auf die Bettkante. Der Anblick von Liliths Körper war mir vertraut. Doch nun waren auch jene Stellen entblösst, die der rote Schwimmanzug bis jetzt vor mir verborgen hatte. Sie waren nicht heller als der übrige Teil ihres Körpers. Als ich mich über Lilith beugte, um ihr einen sanften Kuss zu geben, der sie von ihrer Maskerade befreien sollte, schlug sie die Augen auf und mimte die Erwachende. Und da geschah es. Aus der Kerze, die ich immer noch in der Hand hielt, ergoss sich heisses Wachs auf Liliths Brust. Lilith gab einen Schmerzenslaut von sich, und ich setzte gerade an, mich bei ihr zu entschuldigen, doch da strahlte sie mich an, in ihren Augen reines Glück.

»Ich wusste, du würdest es kapieren«, schnurrte sie wie ein kleines Kätzchen und schmiegte sich eng an mich.

»War ja auch nicht schwer«, gab ich zur Antwort. Rote Rosenblätter auf weissem Schnee, das konnte sich nur Lilith ausdenken.

Ich holte den aufgeschobenen Kuss nach, doch meine Lust, die ich bei Liliths Anblick empfunden hatte, war in sich zusammengefallen. Ich sah, wie das Wachs auf der zarten Haut erstarrte und zu meinem Schrecken die Umrisse eines Froschs annahm. Vorsichtig löste ich das widerliche wächserne Tier von Liliths Brust. Darunter kam ein roter Fleck zum Vorschein. Er hat dieselben Konturen und wird noch Tage überleben.

Anstatt sich zu beschweren, klammerte sich Lilith in unerwarteter Heftigkeit an mich.

»Bleib bei mir, ich brauche dich.« Ihre Stimme klang wie die eines ängstlichen Kindes.

»Ich bin ja da«, beschwichtigte ich sie und hielt sie in meinen Armen, bis sie sanft in den Schlaf hinüber glitt. Irritiert blieb ich zurück, und es dauerte lange, bis sich die Ränder meiner Gedanken auflösten und auch ich einschlief.

Der Geruch von frischem Kaffee weckte mich. Lilith hatte sich ein blaues Männerhemd übergeworfen, das ihr sehr gut stand, und machte sich in der Küchennische zu schaffen.

»Frische Brötchen habe ich auch schon geholt«, rief sie in ihrer gewohnten Stimme in meine Richtung. »Der Herr wird sehnlichst erwartet.«

Auf dem kleinen quadratischen Tischchen hatte Lilith alles schön arrangiert. Sogar an weich gekochte Eier hatte sie gedacht, auch Honig und Marmelade fehlten nicht. Wir liessen uns unser erstes gemeinsames Frühstück schmecken. Kein Wort über das, was am gestrigen Abend vorgefallen war.

Sonntag, 8. Dezember 2019

Heute besucht Lilith eine Freundin. So kann ich mich ganz der Lektüre widmen. Die Zeitungen stapeln sich auf dem Boden neben dem Sessel am Fenster. Da ich nur für den Lokalteil meines Blatts schreibe, spielt es keine Rolle, wenn ich nicht auf dem neusten Stand bin, was die Irrungen und Wirrungen auf dem nationalen und internationalen Parkett betrifft.

Zwei Stunden habe ich nun mit Lesen verbracht. Der Elan, mit dem ich den heutigen Tag angegangen bin, hat sich verflüchtigt und einer niedergedrückten Stimmung Platz gemacht. Aufkommender Nationalismus, wo immer man hinschaut, Machthaber mit psychischen Störungen, die öffentlich zu diagnostizieren sich niemand getraut, der katholische Klerus in seinen lächerlichen Prunkgewändern, welche den flächendeckenden Missbrauch von Schutzbefohlenen nicht mehr verbergen können. Wieder einmal frage ich mich, ob die Menschheit in selbst gewählter Blindheit ihrem sicheren Untergang entgegentreibt oder ob jede Zeit ihre eigene Apokalypse kennt, die abzuwenden dem findigen Menschen regelmässig gelingt und auch in Zukunft gelingen wird.

Donnerstag, 12. Dezember 2019

Lilith und ich haben beschlossen, weiterhin jeden Mittwoch schwimmen zu gehen. Während sie ihren Kilometer abspult, lege ich die anderthalbfache Strecke zurück. Zu unserem Lieblingslokal danach haben wir die düstere Kneipe auserkoren, in der mir Lilith ihre Narbe gezeigt hat. Dieser Moment markiert wohl auch für Lilith den Beginn unserer Liebe.

Ganz bewusst geniesse ich den Zauber, der dem Anfang einer Beziehung eigen ist. Da gibt es bereits Vertrautes, erste kleine gemeinsame Rituale, aber auch noch unendlich viel zu Entdeckendes, Überraschendes. Doch ich mache mir nichts vor. Dieser glückliche Schwebezustand hat eine begrenzte Lebensdauer.

Freitag, 13. Dezember 2019

Wir haben den Lackmustest bestanden. Endlich. Neunundzwanzig Tage nach unserem ersten unsanften Zusammentreffen, um genau zu sein. An meinen Fingern kann ich immer noch Liliths Duft riechen. Meine Ahnung hat sich bestätigt. Lilith ist auch im Bett verspielt. Der unsinnige Leistungsdruck beim ersten Mal, den ich zweifellos mit vielen Männern teile, wich dank Liliths Unbekümmertheit rasch von mir. Zuerst noch etwas unsicher, dann immer mutiger erforschte ich jeden Winkel von Liliths wunderbarem Körper. Der Frosch auf ihrer Brust ist zum Glück verblasst. Hätte er mich davon abhalten können, mich Lilith ganz hinzugeben? Eine überflüssige Frage. Erst gegen den Morgen schliefen wir beide ermattet ein. Und dieses Mal hielt ich eine Frau in meinen Armen, nicht mehr ein schutzbedürftiges Kind.

Donnerstag, 19. Dezember 2019

Die Liebe ist des Tagebuchschreibers Feind. Wer einen solchen Feind hat, kann sich glücklich schätzen.

Lilith und ich verbringen so viel Zeit wie möglich zusammen. Bis jetzt übernachtete sie nur einmal bei mir im Hotel.

»Weisst du, ich will deine Bettwäsche mit meinem Duft imprägnieren«, meinte sie, »so dass du immer von mir träumst.«

Den Hinweis, dass in Hotels die Wäsche regelmässig ausgetauscht wird, liess ich bleiben. Ihre Idee gefiel Lilith zu gut.

Meistens sind wir in ihrer kleinen Wohnung. Bei Tageslicht wirkt sie deutlich schäbiger als im Kerzenlicht. Trotzdem fühle ich mich sehr wohl in Liliths Zuhause. Meine Befürchtung, mich als raffinierter Koch beweisen zu müssen, war völlig unbegründet, denn Lilith hat sich, auch was unser Essen angeht, ein Spiel ausgedacht. Wenn wir beim Supermarkt ankommen, trennen sich unsere Wege. Beide kaufen Esswaren zu einem vorher genau festgesetzten Betrag ein. Die Kunst besteht dann darin, aus allen Zutaten gemeinsam eine Mahlzeit zuzubereiten. Dabei haben wir schon beachtliche Fortschritte erzielt. Beim Einkaufen sind wir vernünftiger geworden. Wir füllen unsere Körbe nicht mehr mit möglichst Exotischem, sondern beschränken uns auf das, was uns auch als Einzelpersonen schmeckt.

Samstag, 21. Dezember 2019

Lilith arbeitet. Und ich sitze in meinem mir lieb gewordenen Ohrensessel am Fenster. Etwas will mir keine Ruhe lassen. Liliths blaues Hemd. Unverkennbar ein Männerhemd.

Sonntagabend, 22. Dezember 2019

Heute habe ich sie danach gefragt.

»Das ist noch von Gabriel.« Ein Schatten legte sich kurz über ihr Gesicht. »Ist praktisch und ich mag die Farbe.«

Wider alle Vernunft fühlte ich mich gekränkt. Die Geliebte in einem Kleidungsstück eines vermutlich Verflossenen zu sehen, kratzte an meinem Ego. Einen Moment lang erwog ich weiter zu fragen, entschied mich dann aber dagegen. Was kümmert mich eine Vergangenheit, in der Lilith noch gar nicht wissen konnte, dass es mich in ihrem Leben je geben würde? Doch das Hemd muss für Lilith eine Bedeutung haben. Sonst würde sie es nicht tragen. Schweigend beendeten wir das Frühstück und ich verabschiedete mich bald, obschon ich gehofft hatte, den ganzen Tag mit Lilith zu verbringen..

Dienstag, 24. Dezember 2019

Lilith ist für ein paar Tage zu ihrer Familie gefahren. Also werde ich auch dieses Jahr die Weihnachtstage allein verbringen. Doch ich freue ich mich darauf, denn etwas ganz

Entscheidendes ist anders als sonst: es gibt einen Menschen, an den ich denken kann. Vielleicht werde ich sogar nach dem Chorkonzert am Weihnachtsabend in der Kathedrale eine Kerze für Lilith anzünden. Oder noch besser: eine Kerze für uns beide.

Vor ihrer Abreise wollte Lilith mich gestern unbedingt noch einmal sehen. Als ich am Abend nach der Arbeit die Tür zu ihrer Wohnung aufstiess, erwartete mich eine Überraschung. Es roch köstlich nach gebratenem Fleisch, ganz entgegen unserem Vorsatz, uns dem Tierwohl zuliebe in Zukunft vegetarisch zu ernähren. Auf dem gedeckten Tisch stand eine bereits geöffnete Flasche Rotwein. Lilith trug ein hübsches Kleid, das ich noch nie an ihr gesehen hatte. Sie umarmte mich nur flüchtig, denn die Nudeln waren *al dente* und das Wasser musste abgegossen werden.

»Setzt dich doch und schenk schon mal den Wein ein.«

Ich tat wie geheissen. Dabei entdeckte ich auf meinem Teller ein in Geschenkpapier eingewickeltes Päckchen.

»Für mich?«, fragte ich unnötigerweise.

»Für wen denn sonst? Mach es auf!« Dabei warf sie mir einen schwer zu deutenden Blick zu.

Das Päckchen enthielt ein Paar Handschellen. Aufgrund der Grösse und der rosa Farbe schloss ich auf eine Damenausführung. Und war zunächst einmal perplex. Lilith hatte mich beim Auspacken beobachtet und wartete auf einen Kommentar. Ich wollte sie nicht enttäuschen und stiess einen Laut aus, der als freudig überrascht durchgehen konnte und Lilith zu überzeugen schien, denn sie setzte sich sogleich auf meinen Schoss, wobei der Saum ihres Kleids hochrutschte und den Blick auf ihre in Seidenstrümpfe gehüllten schlanken Beine frei gab.

»Lass uns zuerst essen, du hast dir doch so viel Mühe gegeben«, flüsterte ich ihr ins Ohr, in der Absicht, noch etwas Zeit zu schinden. Es brauchte nicht viel Phantasie um zu erraten, was Lilith von mir wollte. Und die eiserne Bettstatt mit ihren Gitterstäben ergab nun plötzlich einen ganz neuen Sinn.

Donnerstag, 26. Dezember 2019

Lilith hat eindeutig einen positiven Einfluss auf mich, der sich in kleinen, doch sicht- und spürbaren Veränderungen bemerkbar macht. Heute entdeckte ich beim Zähneputzen, dass meine bisher kaum vorhandenen Lachfältchen markanter geworden sind und dem neuen Max die gewünschten stärkeren Konturen verleihen. Auch mein Schreibstil hat eine Wandlung durchgemacht. Die neuerdings leicht ironische Note in meinen Artikeln ist sogar meinem Chefredaktor aufgefallen. Er verglich sie mit dem nötigen Salz in der Suppe und übertrug mir, wohl inspiriert vom eigenen Vergleich, die in der Redaktion heiss begehrte Aufgabe des Testessers im Monat Januar. Sie besteht darin, sich in selbst ausgesuchter Begleitung auf Kosten der Zeitung in einem Restaurant eigener Wahl den Bauch voll zu schlagen und darüber einen kurzen Bericht zu verfassen.

Diesen Auftrag erhielt ich zu einem äusserst günstigen Zeitpunkt. Heute hat mich Ralph angerufen. Nach ein paar

Minuten *Smalltalk* äusserte er den Wunsch, mir einen Besuch abzustatten. Vermutlich hat Mathilde ihm erzählt, dass ich in einem Hotelzimmer hause, was gemeinhin auf eine gescheiterte Existenz hinweist. So dachte auch ich, bevor ich mich an die Annehmlichkeiten dieser Wohnform gewöhnt hatte. Ein stets sauberes Badezimmer und in regelmässigen Abständen gewechselte Bettwäsche sind nicht zu verachten. Die Plackerei mit den widerspenstigen Ecken des Duvets, die sich immer wieder irgendwo im Überzug verlieren, nur nicht dort, wo sie hingehören, überlasse ich noch so gerne dem freundlichen Zimmermädchen. Maria stammt aus Portugal und hat mir bereits ein paar Brocken Portugiesisch beigebracht.

Ralph soll also mein Begleiter sein. Der treue Ralph. Er hätte allen Grund, mich zu meiden. Den peinlichen Vorfall beim Fussballspiel hat er nie mehr erwähnt, vielleicht hat er ihn schon vergessen. Nicht aber ich. Bis heute treibt mir der Gedanke daran die Schamesröte ins Gesicht. Und eine Entschuldigung bin ich Ralph nach wie vor schuldig. Erst danach wird es auch mir wieder möglich sein, an die alte Freundschaft anzuknüpfen.

Sonntag, 29. Dezember 2019

Lilith bereitet mir Kopfzerbrechen. Genauer gesagt, ihre zwei Gesichter. Auf der einen Seite ist da die erfinderische, neckische, selbstbewusste junge Frau, in deren Gegenwart ich mich wohl fühle und der es immer wieder gelingt, mich aus der Reserve zu locken. Die andere Lilith ist komplexer und tritt vor allem dann in Erscheinung, wenn ihre Vergangenheit ins Spiel kommt, sei es ausgesprochen oder nicht. Wobei vorwiegend letzteres der Fall ist. Ich weiss praktisch nichts über Liliths Vorleben. Frage ich danach, hat sie ein paar Standardantworten auf Lager.

»Ach, weisst du, Max, Vergangenes sollte man ruhen lassen. Entscheidend ist doch, was man daraus macht. Oder findest du mich etwa missraten?« Dabei lacht sie ihr unvergleichliches Lilith-Lachen und gibt mir einen Kuss.

Bei einer nächsten Gelegenheit parierte sie meine Frage nach ihrer Vergangenheit weniger souverän, ja wurde sogar ärgerlich.

»Max, kannst du nicht einfach zufrieden sein mit dem, was wir haben? Ständig fragst du mich, wie ich mein Leben verbracht habe, bevor die Lichtgestalt Max darin aufgetaucht ist. Lass das bleiben. Es ist eh zwecklos.«

Ihre Zurechtweisung hat bei mir zwei Dinge bewirkt: Ich habe mir vorgenommen, mir in Zukunft sämtliche Fragen in diese Richtung zu verkneifen, gleichzeitig aber fasste ich den Entschluss, mich auf Spurensuche zu begeben. Dies nicht zuletzt deshalb, weil Liliths Vergangenheit, so vermute ich zumindest, unsere Beziehung und somit auch mich beeinflusst, und zwar in einem nicht unwesentlichen Bereich, der Sexualität. Die Geschichte mit den Handschellen will mir nicht aus dem Kopf. Auch wenn es mir keine nennenswerten technischen Probleme bereitete, Liliths Handgelenke wunschgemäss an den Eisenstäben ihrer Bettstatt zu fixieren, hatte ich grösste Mühe, mich mit einem derart wehrlos gemachten Wesen lustvoll zu vergnügen. Liliths körperliche

Reize und das Wissen, ihr damit einen Gefallen zu tun, er-
möglichten es mir immerhin, den Schein zu wahren und zu
tun, was von mir erwartet wurde. Hinterher fühlte ich mich
beschmutzt. Und ich verpasste die Gelegenheit, mich mit
Lilith über ihre und meine sexuellen Vorlieben zu unterhal-
ten.

Montag, 30. Dezember 2019

Liliths Kochkünste führen zu unvorhersehbaren Ergebnissen,
und das in positiver wie negativer Hinsicht. Gestern hatte ich
Glück. Eigentlich. Hätte da nicht auf meinem Teller wiederum
ein Päckchen im bereits bekannten Geschenkpapier
gelegen. Es war etwas grösser, hatte aber die gleiche Form
wie das erste. Ich ahnte, was da auf mich zukommen würde,
und legte das Päckchen vorerst einmal ungeöffnet neben
meinen Teller. Die verführerisch riechenden Hackfleischbäll-
chen verwandelten sich in meinem Mund in eine kartonartige
Masse, die ich erst nach langem Kauen mit einem grossen
Schluck Rotwein hinunterspülen konnte. Obschon ich dem
Bett den Rücken zugewandt hatte, fühlte sich seine Anwe-
senheit wie eine Drohung an. Lilith warf mir immer wieder
lüsterne Blicke zu. Ich gab vor, sie nicht zu bemerken, und
erzählte in allen Details von einer unbedeutenden Begeben-
heit, die sich in der Redaktion zugetragen hatte und an die
ich mich jetzt, wo ich das aufschreibe, nicht mehr erinnern
kann. Lilith hörte einen Moment lang zu, unterbrach mich
dann aber, indem sie mir die Gabel aus der Hand nahm und

mich aufforderte, endlich mein Päckchen zu öffnen. Meine Befürchtung bewahrheitete sich: Fussfesseln in Damenausführung. Lilith zog mich zum Bett, auf dem bereits die Handfesseln lagen. Es gab kein Entrinnen.

Dieses Mal war Lilith noch stärker in ihren Bewegungen eingeschränkt. So gut es ging, dachte ich mir die Fesseln weg und konzentrierte mich ganz auf Liliths Körpermitte, auf die festen kleinen Brüste mit den aufgestellten dunklen Nippeln, den Schwung ihrer Hüften und den wohlgeformten Nabel in der Bauchsenke. Lilith hielt ihre Augen geschlossen. Sie wand sich lustvoll in ihren Fesseln, dabei lösten sich ihre vertrauten Gesichtszüge immer mehr auf. Lilith entglitt mir auf eine Weise, die mir Angst machte. Mit der Absicht, sie zu beruhigen und wieder in meine Welt zurückzuholen, strich ich ihr übers Haar, küsste sie auf die Stirn, bewegte meinen Mund zu ihrem Ohr und flüsterte ihren Namen. Lilith stiess einen heiseren Seufzer aus und murmelte: »schlag mich!«

Ich hoffte, mich verhört zu haben. Doch Lilith wiederholte die Aufforderung, diesmal mit einer Stimme, die mir komplett fremd war und in der ein Gemisch aus Unschuld und Ungeduld mitschwang, wie es Kindern eigen ist, die ihre Eltern um ein Eis anbetteln. Vor mir taten sich zwei Abgründe auf. Lilith verlieren oder tun, was sie von mir verlangte. Und das tat ich dann auch.

Mittwoch, 1. Januar 2020

Als ich am nächsten Morgen aufwachte, wünschte ich mir

nichts sehnlicher, als ein paar Stunden für mich allein zu sein. Um Lilith nicht zu verletzen, schob ich Arbeit vor. Sie türme sich auf meinem Schreibtisch, und der Zeitdruck sitze mir im Nacken, da ich bis Mitte der nächsten Woche zwei umfangreiche Artikel abzuliefern hätte. Lilith wünschte mir viel Inspiration bei meiner Schreiberei. Das schlechte Gewissen streifte mich wie eine kleine weisse Wolke, die am tiefblauen Himmel vorbeizieht und sich alsbald auflöst.

Am Abend trafen wir uns dann doch noch in der Bar meines Hotels. Lilith wollte unsere Beziehung vor schlechtem Karma bewahren, das Liebende ansammeln, die an Silvester nicht exakt um Mitternacht auf ihr Glück anstossen. Über Nacht bleiben wollte sie nicht. »Du brauchst morgen einen frischen Kopf, Max, denk' an deine Arbeit!« So hatte ich mich mit meiner Flunkerei gleich selber bestraft. Nach einem allerallerletzten Kuss bahnte sich Lilith einen Weg zum Ausgang. Die bewundernden Blicke der anwesenden Männer schien sie nicht zu registrieren. Doch ich bemerkte sie sehr wohl, und sie erfüllten mich mit Stolz, der, nach dem zweiten Single Malt, ins Nachdenkliche kippte.

Freitag, 3. Januar 2019

Heute hat mich Ralph besucht. Ich holte ihn vom Bahnhof ab. Als ich ihn inmitten der Pendler entdeckte, wurde mir bewusst, wie sehr ich einen Freund vermisste. Ralph hat etwas zugenommen, so dass er noch schwerfälliger wirkt. Seine Körperfülle vermittelt ein Gefühl von Beständigkeit. Es fällt leicht, sich ihm anzuvertrauen, denn Geheimnisse scheinen in ihm sicher verwahrt.

Wir setzten uns in eine Kaffeebar gleich am Bahnhof. Ich erkundigte mich nach seiner Frau und seinen beiden Söhnen. Alle seien wohlauf, meinte Ralph, der ältere werde im Sommer eine Schreinerlehre beginnen, beim jüngeren sei eine Legasthenie festgestellt worden, doch damit lasse sich ja bekanntlich gut leben. Ich nickte und bereitete mich darauf vor, die längst fällige Entschuldigung vorzubringen.

»Und wie läuft's bei dir?«, wollte Ralph wissen.

»Ralph«, sagte ich, beugte mich leicht vor und legte meine Hand auf seine, die auf der Tischplatte ruhte, »ich möchte mich bei dir entschuldigen für mein Benehmen beim Fussballspiel. Ich hatte …«

»Lass stecken, Max, du warst damals ziemlich durch den Wind, kein Wunder, bei diesen Anschuldigungen«, unterbrach er mich. »Sag mir lieber, wie es dir heute geht. Von Mathilde weiss ich, dass du noch immer in einem Hotel logierst. Kann ich mir nicht vorstellen. Ist das nicht ziemlich trist?«

War es Eitelkeit oder wollte ich mich selbst überzeugen? Jedenfalls schilderte ich Ralph mein gegenwärtiges Dasein als permanenter Hotelgast in den leuchtendsten Farben. Bei meinen Schilderungen verweilte ich länger als nötig bei der Möblierung meines Hotelzimmers, bezeichnete sie als überaus geschmackvoll, hob den Ohrensessel am Fenster hervor, liess auch Marias wohlgeformten Beine nicht unerwähnt, auf die ich fast täglich einen Blick werfen könne, und rühmte wider besseren Wissens das Frühstück, für das ich keinen

Finger zu rühren brauche.

»Klingt paradiesisch«, bemerkte Ralph trocken, »doch mir kannst du nichts vormachen, Max. Du schaffst es nicht, hier Fuss zu fassen und trauerst deinem vergangenen Leben nach.«

Widerstreitende Gefühle liessen mich vorerst stumm bleiben. Ich schwankte zwischen einem lockeren Spruch und dem Eingeständnis, dass Ralph einen wunden Punkt getroffen hatte. Die Richtung, in die sich unser Gespräch bewegte, gefiel mir nicht.

»Genau. Ich sehne mich nach einem Haufen pickliger Teenager, nach ihren mit unreifen Gedanken gespickten und in miserablem Deutsch abgefassten Aufsätzen, die ich dann in stundenlanger Fronarbeit korrigieren darf, nach Intrigen und rachsüchtigen Kollegen…«

Ralph war aufgestanden, kramte in seiner Hosentasche nach Kleingeld, legte es neben seine leere Tasse auf den Tisch und nickte mir zu.

»Also dann, Max. Und meld' dich wieder, wenn du wirklich reden willst.«

Da packte ich ihn am Arm, bat ihn, sich wieder zu setzen und erzählte ihm von Lilith. Was für ein besonderer Mensch sie sei. Wie glücklich sie mich mache. Und natürlich verschwieg ich auch ihre Schönheit nicht.

»Dachte ich's mir doch, dass da noch etwas im Busch ist«, schmunzelte Ralph, »und nächstes Mal stellst du mir diese Traumlady vor, versprochen?«

Lange bevor ich Ralph am Mittag die Stufen zu Liliths und meinem Lieblingsrestaurant hinunter führte, war die alte

Vertrautheit zwischen uns wieder hergestellt. Mir ging es nicht mehr darum, vor Ralph gut dazustehen. Wir setzten uns unter die mit einer Patina aus Staub und Nikotin überzogene Darstellung einer Jagdszene in einem schweren goldenen Rahmen. Svetlana brachte uns die Karte.

Lilith und ich gehören mittlerweile zu den Stammgästen des Lokals. Am Morgen, wenn nur wenige andere Gäste da sind, setzt sich Svetlana manchmal kurz an unseren Tisch um zu plaudern. Ich mag Svetlana und kann mir vorstellen, dass sie in gewissen Männern die Sehnsucht weckt, sie hemmungslos zu nehmen, ohne Rücksicht auf Anstandsregeln und ohne sich für den eigenen Bauchansatz zu schämen. Svetlana scheint eine Frau zu sein, die es einem nicht übel nimmt, wenn man sie noch vor dem Morgengrauen verlässt und ihren Namen vergisst.

Wir studierten die zur Auswahl stehenden Speisen auf der Karte und ich erklärte Ralph die Aufgabe eines Testessers. Nun war Ralph tatsächlich beeindruckt. Er liess sich Zeit bei der Wahl seines Menüs und erklärte sich einverstanden damit, nach dem Verzehr ein ehrliches Urteil abzugeben, so druckreif wie ihm das bei seiner Physikerseele möglich sei.

Sonntag, 5. Januar 2020, Abend

Ich. Bin. Glücklich. Und verliebt. Ein Zustand, dem ich im Grunde genommen nicht traue. Doch was soll's? Er fühlt sich grossartig an und lässt mich schweben, genauso wie der trügerische Hauch von Frühling, der nach einem heftigen

Wetterumsturz schon jetzt in der Luft liegt.

Der Abend gestern und auch die Nacht mit Lilith haben mich bestärkt. Sie ist die Frau, mit der ich leben will, sie ist die oft beschworene Richtige, nach der ich nicht einmal zu suchen brauchte. Wie ich das wissen kann? Wie wohl jeder vernünftige Mann habe auch ich eine ziemlich klare Vorstellung davon, wie sich eine lohnenswerte Beziehung anfühlen sollte. Dieses Wissen gründet einerseits auf meinen bisherigen Erfahrungen, die mich vor allem gelehrt haben, was ich nicht mehr will. Meine andere Quelle sind, wie ich gestehen muss, Beziehungsratgeber, bei denen auch ich in schwachen Momenten Zuflucht und Bestätigung gesucht habe, wofür ich mich heute nicht mehr schäme, vor allem jetzt, da sich die Lektüre offenbar gelohnt hat.

Also: Lilith fasziniert mich als Mensch. Ihre ganz spezielle Weise zu denken, ihr Einfallsreichtum und ihre Vielschichtigkeit lassen Langeweile gar nicht erst aufkommen. Zudem hört sie zu, ohne zu urteilen oder zu kritisieren, und wenn sie mir einen Rat erteilt, so ist dieser stets bedenkenswert und ich folge ihm, ohne mich gegängelt zu fühlen. Ich mag auch Liliths Humor, und sie, wie es scheint, den meinen, auch wenn er nicht so oft zutage tritt. Und natürlich fasziniert mich Lilith als Frau. Sie versprüht einen unvergleichlichen Charme, wenn sie will, und wenn wir zusammen unterwegs sind, zieht sie die Blicke der Männer auf sich, was mich stolz macht. Sie ist zierlich, ihr Gang unterstreicht ihre Weiblichkeit ebenso wie ihr Haar, das nicht zu bändigen ist, egal mit wie vielen Haarnadeln Lilith es hochsteckt. Was ich besonders mag, ist Liliths fein geschnittenes Gesicht mit den leuchtend blauen Augen.

Doch genug geschwärmt. Denn es gibt einen Punkt, ja sogar zwei, die mir zu schaffen machen. Beide scheinen zusammenzuhängen. Punkt eins ist immer noch das blaue Hemd, genauer, dessen ursprünglicher Besitzer. Der andere ist Liliths Wunsch nach Unterwerfung und Bestrafung, der so gar nicht mit meinen sexuellen Vorlieben übereinstimmt, die ich bis anhin als normal und zur Befriedigung meiner Bedürfnisse als durchaus genügend betrachtet habe.

Ich habe den richtigen Moment verpasst, um mit Lilith darüber zu sprechen. Würde ich ihr jetzt sagen, wie sehr es mir widersteht, sie zu fesseln und zu schlagen, müsste ich mir und auch Lilith eingestehen, dass alles, was ich bis jetzt getan habe, falsch war.

Was Gabriel angeht, ist es mir gelungen, Lilith ein paar Angaben zu entlocken. Als sie, noch schlaftrunken, nach dem blauen Hemd angelte, das sich in der zerwühlten Bettwäsche verfangen hatte, und es sich überzog, sah ich meinen Moment gekommen.

»Sag mal, Lilith, dieses Hemd von Gabriel, muss ich mir da Gedanken machen?«

Lilith verstand sofort. »Du meinst, ob Gabriel für mich noch irgendeine Bedeutung hat?«

Ich nickte, froh, dass sie so direkt aussprach, was ich mich in dieser Deutlichkeit nicht zu fragen gewagt hatte. Als Nächstes erwartete ich einen typischen Lilith-Spruch, um vom Thema abzulenken. Doch wie so oft überraschte mich Lilith.

»Weisst du, Max, das ist kompliziert. Müsste ich der Beziehung mit dir eine Farbe geben, wäre das irgendetwas Helles, Freundliches. Bei Gabriel wäre das Dunkelgrau mit ziemlich viel Schwarz. Und wenn ich mich malen müsste, käme die ganze Palette vor, von ganz hell bis ganz dunkel.«

Dies war zwar eine Antwort, doch mir zu kryptisch. Ich wollte Fakten.

»Erzähl mir von Gabriel. Was ist er für ein Mensch? Was mochtest oder magst du immer noch an ihm? Hörst du noch von ihm?« Ich war mir bewusst, dass ich mich mit meinen Fragen weit hinaus aufs Glatteis wagte und war darauf gefasst, damit Liliths Ärger zu provozieren. Das war dann auch der Fall.

»Die Schuhnummer ist mir entfallen, ebenso sein Geburtsdatum. Grösse: 1.80, Gewicht: variierend. Den genauen Beruf kenne ich nicht, doch meines Wissens besitzt er eine kleine Firma, die Isolier- und Kühlverpackungen herstellt. Kontakt: Fehlanzeige. Und, bist du nun beruhigt?«

Mit unnötiger Heftigkeit schlug Lilith die Decke zurück und schwang ihre Beine über die Bettkante, doch bevor sie aufstehen konnte, schlang ich meine Arme um sie und zog sie an mich.

»Ist ja gut, Lilith, es geht mich nichts an. Hauptsache, du bist bei mir. Manchmal habe ich einfach Angst, dich zu verlieren. Du tust mir gut, und ich möchte mit dir zusammenbleiben, bis wir beide alt und schrumpelig sind.«

»Und das fängt bei dir schon an«, neckte Lilith, nun wieder fröhlich, und fuhr mit ihrem Zeigefinger meinen frisch erworbenen Lachfalten entlang.

Ohne es zu beabsichtigen, hat Lilith mir genug Informationen zu Gabriel geliefert, um ihn ausfindig zu machen. Damit will ich meine Spurensuche beginnen.

Dienstag, 7. Januar 2019

Heute ist mein freier Tag und ich kann mit meinen Nachforschungen beginnen. Es war ganz einfach, Gabriels Firma im Internet zu finden. Neben ihm, dem Geschäftsführer, arbeitet noch rund ein Dutzend Leute für das Unternehmen, ein Drittel davon sind Frauen. Das Organigramm ist leider nicht bebildert, ich weiss also nach wie vor nicht, wie Gabriel aussieht, ausser dass er, gemäss Lilith, eher gross ist.

Lange habe ich mir überlegt, wie ich mich Gabriel unauffällig nähern könnte. Dabei spielten auch abenteuerliche Szenarien wie ein arrangiertes Steckenbleiben im Lift eine Rolle, doch vernünftigerweise verwies ich solche Ideen bald ins Reich der Phantasterei und entschied mich für eine Variante nahe der Wahrheit. Ich rief in der Firma an und gab vor, für meine Zeitung an einer Reportage über erfolgreiche kleine und mittlere Unternehmen in der Region zu arbeiten. Es ist erstaunlich, was ein einziges Wort bewirken kann. Der von mir aufs Geratewohl unterstellte Erfolg erfüllte seinen Zweck. Die Stimme der Dame am anderen Ende der Leitung wurde noch eine Spur freundlicher.

»Einen kurzen Moment bitte, ich kläre rasch ab, wann Herr Schenk für Sie Zeit hätte.« Ein Tastendruck, und Beethovens unsägliche *Elise* drang ungebeten in mein schutzloses Gehör. Nichts gegen Beethoven, im Gegenteil, seine

Sinfonien gehören zum Überragendsten, was die Musik je hervorgebracht hat. Doch *für Elise* ist zu einem Gassenhauer geworden, der aus jeder Ecke klimpert und von mir nur noch als Belästigung wahrgenommen wird.

»Donnerstag um neun Uhr, passt das?«

Um meiner Rolle als viel beschäftigter Journalist gerecht zu werden, zögerte ich kurz, murmelte etwas Unverständliches und sagte schliesslich zu. Mit klopfendem Herzen.

Dem ehemaligen Liebhaber seiner Freundin nachzuspüren hat etwas Erniedrigendes. Doch mir bleibt keine andere Wahl. Lilith gibt sich bezüglich Gabriel verschlossen wie eine Auster, trotzdem spukt nicht nur sein Hemd in unsere Beziehung hinein. Das fühle ich deutlich. Ich möchte Lilith verstehen. Gabriel, so ahne ich, ist der Schlüssel zu diesem Verständnis.

Mein Wunsch ist nicht ganz selbstlos, wie ich gestehen muss. Ich hoffe herauszufinden, was Lilith braucht, um mit mir glücklich zu werden. Lilith versichert zwar immer wieder, wie wohl sie sich mit mir fühle, wie sehr sie mich liebe, einmal meinte sie gar, ich hätte sie aus ihrem Dornröschenschlaf wach geküsst, wofür sie mir ewig dankbar sei. Doch jeder dieser Versicherungen haftet ein Hauch von Unehrlichkeit an, was Lilith vermutlich nicht bewusst ist, ich aber sehr wohl registriere. Lilith mag es ergehen wie mir als Kind an Weihnachten. Nach einer unüberschaubar langen Reihe von Tagen, die sich endlos hinzuziehen schien und den Umweg über sämtliche Jahreszeiten machte, war er dann endlich da, dieser Tag der Tage. So sehr ich mich auch bemühte: die überschwängliche Freude, wie ich sie mir zuvor ausgemalt hatte, wollte sich nicht recht einstellen. Ich wünschte sie zu empfinden und tat alles dafür, doch irgendetwas fehlte, etwas blieb schal und unerfüllt.

Donnerstag, 9. Januar 2019

Ich machte mich zeitig auf den Weg. Nach einer kurzen Zugfahrt und einem fünfminütigen Fussmarsch bog ich in die kleine Sackgasse ein, an deren Ende das helle Backsteingebäude aufragt, in dem sich Gabriels Firma befindet. Die beiden ineinander verschlungenen Buchstaben F und P in kühlem Blau für *FreezePack* stehen auf der Informationstafel im Hauseingang bei der dritten und vierten Etage, etwas ungewöhnlich für einen Betrieb, der Verpackungen herstellt. Wie ich später erfahren sollte, war Lilith in diesem Punkt nicht ganz korrekt. Gabriels Firma entwickelt Verpackungen und stellt sie nicht selber her. Immer wieder muss ich feststellen, dass Frauen oft unpräzise sind, wenn es um Technisches geht. Lilith scheint da keine Ausnahme zu sein.

Als ich die mit dem Firmenlogo versehene Glastür aufstiess und in den hellen Empfangsraum trat, kam sogleich eine adrett gekleidete Dame auf mich zu und nahm mir meinen Mantel und die entgegengestreckte Visitenkarte ab, ohne einen Blick darauf zu werfen.

»Herr Schenk erwartet Sie bereits. Bitte folgen Sie mir.«

Die Dame führte mich durch einen langen, mit unzeitgemässem Spannteppich ausgelegten Korridor. Dabei entdeckte ich über ihrer Wade eine Laufmasche im Strumpf, die wohl noch vor dem Abend die Ferse erreicht haben dürfte. Vor der zweitletzten Tür auf der rechten Seite hielten wir an. Die Dame klopfte an, öffnete die Tür einen Spalt breit, steckte ihren wohlfrisierten Kopf hindurch, vergewisserte sich, dass mein Eintreten genehm sei und gab mit einem leichten Nicken den Weg für mich frei.

Dass ich mir ein Bild von Gabriel gemacht hatte, wurde mir erst bewusst, als er vor mir stand. Und wie komplett falsch ich damit gelegen hatte. Den Gabriel meiner Vorstellung umgibt eine geheimnisvolle Aura mit einem Schuss Gefährlichkeit, etwas Wildes, Unzähmbares, das Lilith gegen ihren Willen anlockte. Sehnig, mit grossen, starken Händen hatte ich ihn mir vorgestellt, mit einer Reihe blitzender Zähne im wettergegerbten Gesicht, markante Brauen über unwiderstehlichen Augen, dichtes Haar, das sich jedem Kamm widersetzt und in dem man sich festkrallen kann.

Der echte Gabriel war eine Enttäuschung. Zumindest auf den ersten Blick. Seiner Funktion als Geschäftsführer entsprechend trug er einen grauen Anzug, der über dem Bauch spannte, dazu ein hellblaues Hemd und eine aus der Mode gekommene breite Seidenkrawatte in der Firmenfarbe. Dass ich als erstes seine Kleidung beschreibe, liegt an Gabriels Dutzendgesicht. Was daran auffällt, sind lediglich die misslungenen Versuche, es weniger durchschnittlich zu machen. So ziert seine Oberlippe ein bloss angedeuteter Schnurrbart, was dem Gesicht etwas Unentschlossenes verleiht, und sein an den Seiten der Stirn zurückweichendes schütteres Haar ist in einem unvorteilhaften Rotbraun gefärbt. Ich schätzte ihn auf Mitte vierzig.

Als er mir die Hand gab, war ich erstaunt über seinen kräftigen Händedruck. Also musste doch mehr in ihm stecken, als es den Anschein machte. Er wies mir einen Sessel im Design der Siebziger an und nahm mir gegenüber Platz.

»Einen Espresso?«, fragte er mit einer Stimme, die mir Liliths Begeisterung für Barry White unangenehm in Erinnerung rief.

»Sehr gerne. Und herzlichen Dank auch für Ihre Bereitschaft, mir etwas von Ihrer Zeit zu opfern.«

Bis die Empfangsdame den Kaffee serviert und eine Schale mit süssem Gebäck auf den nierenförmigen Couchtisch gestellt hatte, übten wir uns in *Smalltalk*. Dabei erwies sich Gabriel als ungleich geschickter als ich. Meine Doppelrolle bereitete mir zunehmend Mühe, je weiter das Gespräch fortschritt. Sobald wir aufs Geschäftliche zu sprechen kamen, überliess ich Gabriel das Wort und warf nur ab und zu eine der vorbereiteten Fragen ein, was bei Gabriel zuverlässig einen enthusiastischen Redeschwall auslöste. Zwischendurch griff er immer wieder in die Schale mit den Naschereien.

So unauffällig wie möglich sah ich mich in Gabriels Reich um, darauf bedacht, in den entscheidenden Momenten meinen Blick auf ihn zu richten. Was mir am meisten zu denken gab, war das kleine gerahmte Bild auf Gabriels imposantem Schreibtisch. Ein klassisches Familienbild mit strahlenden Eltern und zwei blond gelockten Kindern. Ob Lilith davon weiss?

»Selbstverständlich ist die Laufzeit auch von den vorgegebenen Umgebungstemperaturen abhängig. Unsere Pharmaboxen erfüllen nicht nur in diesem Punkt höchste

Ansprüche.«

Gerade noch rechtzeitig richtete ich meine Aufmerksamkeit wieder auf Gabriel. In seinen wasserblauen Augen spiegelte sich Stolz. Ich nickte anerkennend und bat ihn, mir doch noch einen Einblick in die Firmengeschichte zu geben. Wie ich aufgrund meiner Recherchen erwartet hatte, rückte er als erstes die Verdienste seines Grossvaters ins rechte Licht. Dabei gestikulierte er mit seinen enttäuschend durchschnittlichen, doch immerhin gepflegten Händen. Ich stellte mir vor, wie sie über Liliths unvergleichlichen Körper wanderten, welche Lust sie Lilith offenbar zu bereiten vermocht hatten. Diese Vorstellung erfüllte mich mit Ekel und zugleich mit einer unbändigen Wut auf diesen schmierigen Verpackungsfritzen. Nur noch mit Mühe konnte ich die vorgeschobene Rolle als Journalist aufrecht erhalten. Es war höchste Zeit zu gehen.

»Vielen herzlichen Dank für Ihre interessanten Ausführungen«, unterbrach ich Gabriels Schilderungen, die mittlerweile bei den Anfängen des aktuellen Jahrhunderts angelangt waren, »ich möchte Ihre kostbare Zeit nicht noch länger in Anspruch nehmen.« Mit Nachdruck klappte ich mein Notizbuch zu und erhob mich aus dem unbequemen Retro-Sessel. Mit Widerwillen liess ich noch einmal Gabriels Händedruck zur Verabschiedung über mich ergehen. Den Weg durch den Korridor bis zum Empfang legte ich im Eiltempo zurück. Ich zerrte meinen ordentlich aufgehängten zu warmen Mantel vom Bügel, schickte ein falsches Lächeln in Richtung der beiden Damen am Empfang und stürzte, immer zwei Stufen auf einmal nehmend, die Treppe hinunter und hinaus an die frische Luft.

Später. Mit wieder klarem Kopf. Die Bilanz meines Besuchs bei Gabriel fällt ernüchternd aus. Meinem Ziel, Lilith besser zu verstehen, bin ich keinen Schritt näher gekommen. Im Gegenteil. Lilith und Gabriel – für mich undenkbarer denn je. Obschon die Tatsachen eine andere Sprache sprechen. Ich muss mich auch in Selbstkritik üben. Hoffte ich tatsächlich, Gabriels Geheimnis, das unzweifelhaft vorhanden sein muss, durch meinen plumpen Journalisten-trick lüften zu können? Ich bedaure, den steckengebliebenen Lift voreilig verworfen zu haben. Auf unbestimmte Zeit in einem engen Raum eingeschlossen neigen Menschen zu Geständnissen, auch oder gerade gegenüber Fremden. Diese Chance habe ich leichtfertig vertan. Ich bin frustriert.

Freitag, 10. Januar 2020

Lilith-Abend. Zum ersten Mal in unserer Beziehung gibt es etwas, das ich ganz bewusst vor Lilith verheimliche.

Samstag, 11. Januar 2020

Es erstaunt mich selber, wie gut es mir gelang, meinen Besuch bei Gabriel mit keinem Wort zu erwähnen. Ja, ich stellte sogar fest, dass mich dieses geheime Wissen beflügelte und mir eine Spur von Macht verlieh.

Lilith stand in der Kochnische, hantierte mit Schüsseln und Töpfen, denen ein angenehmer Duft entströmte, und erwiderte meinen Kuss nur flüchtig. Den kleinen Esstisch schmückten bunte Tulpen, die, wie mir Lilith später erklärte, zu dieser Jahreszeit kaum zu finden seien. Die hübschen Papierservietten in dazu passenden Farben waren kunstvoll gefaltet.

Auf meinem Teller lag ein Päckchen. Mein Herz sank. Ich versuchte, anhand der Umrisse zu erraten, was das mir sattsam bekannte Geschenkpapier umhüllte. Unter normalen Umständen hätte ich auf eine CD getippt, denn der Gegenstand war flach und rechteckig. Doch die Umstände waren nun einmal nicht normal. Und selbst wenn ich mit meiner Vermutung richtig liegen sollte, würde das noch nichts über den Inhalt der CD aussagen. Nur zögernd schob ich, von Lilith scharf beobachtet, meinen rechten Zeigefinger unter den Tesastreifen, der das Papier zusammenhielt. Ich wappnete mich innerlich gegen die erwartete explizite Darstellung des menschlichen Akts in einer seiner möglichen Spielarten.

»Nun mach schon!«, drängte Lilith.

Mit einem Ruck entfernte ich das Papier von einer CD. Vivaldis *Vier Jahreszeiten*. Zunächst einmal war ich sprachlos vor Erleichterung. Dann schloss ich Lilith in meine Arme, dankte ihr überschwänglich und konnte nicht aufhören ihr zu versichern, wie sehr mich ihr Geschenk freute. Tatsächlich rührte es mich, dass Lilith sich für mich auf das Gebiet der klassischen Musik vorgewagt hatte, die ganz und gar nicht ihrem Geschmack entspricht. Würde sie sich auskennen, wüsste sie: wer etwas von klassischer Musik versteht, wird um die *Vier Jahreszeiten* als Geschenk einen grossen Bogen machen.

Dienstag, 14. Januar 2020

Mein Versagen bezüglich Gabriel macht mir zu schaffen. Nichts von dem, was ich wissen wollte, habe ich herausgefunden, rein gar nichts. Ich muss einen anderen Weg finden, um ihm sein Geheimnis zu entlocken.

Mittwoch, 15. Januar 2020

Ich habe einen Plan. Da ich mich nicht unerkannt an Gabriel heranmachen kann – diese Karte habe ich leichtfertig verspielt –, muss ich an meinem Besuch anknüpfen. Also rief ich heute in Gabriels Firma an und verlangte, ihn persönlich zu sprechen. Die nette Dame am Apparat stellte mich sogleich durch. Ich gab vor, noch ein paar Lücken bei meiner Recherche entdeckt zu haben, die ich mit seiner Hilfe zu schliessen hoffe. Gerne würde ich ihn dazu auf einen Drink einladen, das sei ich ihm schuldig. Interessanterweise zeigen sich Menschen besonders entgegenkommend, wenn es darum geht, Schulden ihnen gegenüber abtragen zu helfen. Dieses Phänomen machte ich mir zunutze. Und siehe da, der Herr Gabriel biss an.

Schon eine halbe Stunde vor der abgemachten Zeit fand ich mich in der von Gabriel vorgeschlagenen Bar ein. Um eine vertrauliche Atmosphäre ohne direkten Augenkontakt zu schaffen, hatte ich mich an den Tresen gesetzt. Als Gabriel, nun ohne Krawatte, herein kam, winkte ich ihm zu und wies einladend auf den Hocker neben mir. Wir bestellten beide ein Bier vom Fass.

Ich hatte mir vorgenommen, möglichst ohne Umschweife zum Wesentlichen zu kommen.

»Laut Statistik arbeiten selbständig Erwerbende im Durchschnitt bis zu vierzehn Stunden am Tag. Ein Familienleben scheint unter diesen Umständen praktisch unmöglich. Sehen Sie das auch so?«

Gabriel wischte mit dem Handrücken einen Rest Bierschaum aus dem Schnurrbart. »Nun lass mal das dämliche *Sie*. Ich bin Gabriel.«

Ein weiters Mal schüttelte er mir die Hand, ein Vergnügen, auf das ich gerne verzichtet hätte. Im Vertrauen darauf, dass die adrette Empfangsdame meine Visitenkarte nicht an ihren Chef weitergegeben hatte, stellte ich mich als Kurt vor. Falls Gabriel und Lilith, entgegen Liliths Versicherung, noch in Kontakt miteinander stehen, will ich es ihnen nicht zu leicht machen. Auch widerstrebte es mir, aus Gabriels Mund meinen Namen zu hören.

»Du willst Journalist sein und traust den Statistiken? Vierzehn Stunden, dass ich nicht lache! Delegieren heisst das Zauberwort, delegieren! Meine Mädels am Empfang hast du ja gesehen. Ein Wink, und die gehen für mich durchs Feuer. Und halten mir den Rücken frei. Du glaubst nicht, was da alles reinpasst in so einen Arbeitstag!«

Ich bestellte nochmals Bier, dazu zwei Klare. Gabriel rutschte näher zu mir.

»Hast du Familie?« Ohne meine Antwort abzuwarten, fuhr er fort: »Familie ist gut, Kurt, doch der Mann braucht Abwechslung. Jung, aber nicht zu jung. Und natürlich auch was fürs Auge. Vor allem: kein Ärger. Keine Heulsusen, die das Wort *Schluss* nicht kapieren.«

Gabriel hatte seine Maske fallen gelassen. Ich war erschüttert. Was konnte Lilith an diesem abscheulichen Menschen bloss finden? Meine unerschütterliche Liebe zu Lilith drohte einen Riss zu bekommen. Doch ich war nun einmal hier und entschlossen, bis zum bitteren Ende zu gehen.

»Du meinst…«

»Siehst du, Kurt, es ist ganz einfach«, unterbrach er mich. »Jede Frau wünscht sich etwas Bestimmtes; Bestätigung, Geborgenheit, eine bestimmte Form von Zärtlichkeit, Sicherheit, Spass, was auch immer. Die Kunst besteht darin herauszufinden, was genau sie sich wünscht. Nur so kannst du sie von dir abhängig machen. Am Anfang gibst du den Weibern viel von dem, was sie sich wünschen, und sorgst dafür, dass sie sich keine andere Quelle erschliessen, die dieses spezielle Bedürfnis ebenfalls befriedigen könnte. Bleib dabei immer schön auf Distanz und begeh ja nicht etwa den Fehler, dich in sie zu verlieben. Später machst du sie je nach Gutdünken glücklich, indem du ihnen gibst, was sie brauchen, oder du machst sie unglücklich, indem du es ihnen verweigerst oder Bedingungen stellst, die sie erfüllen müssen, um an das zu kommen, von dem sie glauben, dass nur du es besitzt. Wie gesagt, ein Kinderspiel. Und es macht erst noch Spass, weil du so immer kriegst, was du willst.« Gabriel grinste mich mit schon ziemlich getrübtem Blick an, kippte den Klaren auf ex und bestellte gleich noch eine Runde.

Zorn loderte in mir auf. Doch ich beherrschte mich. Nun wollte ich alles wissen.

»Nun mal Klartext, Gabriel, was genau ist es denn, was

die Weiber sich so wünschen?«, passte ich mich seinem Niveau an.

»Da war zum Beispiel eine, die total auf Komplimente stand. Zu Beginn lobte ich alles an ihr, ihre Kleidung, ihren sonnengebräunten Teint, ihre Augen, die Frisur, einmal sogar ihre Intelligenz oder ihren nur knapp geniessbaren Braten. Liess ich die Komplimente einmal weg, verunsicherte sie das total und sie war, wie man so schön sagt, Wachs in meinen Händen.«

Wachs. Das Brandmal auf Liliths zarter Haut. Doch Gabriel hatte nicht von Lilith gesprochen. Komplimente hatten für Lilith keine spezielle Bedeutung.

»Eine gab es da noch, der musste ich Schmerzen zufügen. Das machte eine Weile lang richtig Spass. Doch auch sie wurde schliesslich mühsam. Schade, auf eine gewisse Weise hatte sie was Besonderes. Klein, fein, mit dunklem Wuschelkopf und einem frechen Mundwerk.«

Mein Humpen traf ihn mit voller Wucht an der Schläfe. Gabriel sackte zusammen, glitt vom Hocker und landete in einer Bierpfütze. Noch bevor überhaupt jemand begriffen hatte, was vorgefallen war, befand ich mich schon auf dem Heimweg durch die dunkle Nacht.

So verhält sich also der neue Max, dachte ich. Die Folgen würde dann wohl der alte Max ausbaden müssen.

Donnerstag, 16. Januar 2020

Und tatsächlich. Ich wachte auf mit einem Kater, der nicht

nur vom Alkohol herrührte. Als ich mich gestern nach meinem Marsch durch die Nacht ins Bett gelegt hatte, war an Schlaf nicht zu denken. Zu viel Adrenalin pulsierte noch in meinen Adern. Immer wieder durchlebte ich, wie meine rechte Faust den Griff des gläsernen Humpens umklammerte, zum Schwung ausholte und schliesslich von Gabriels linker Gesichtshälfte abgebremst wurde. Das Gefühl der Erleichterung und Befriedigung, ja des Triumphs, das ich dabei empfunden hatte, will sich nicht mehr einstellen. Stattdessen bin ich in Sorge. Und ernüchtert. Es braucht nicht viel Phantasie um sich auszumalen, was ein Schlag gegen die Schläfe anrichten kann. Sobald ich in der Redaktion bin, werde ich alle Kurznachrichten durchforsten. Der Gedanke, den unerträglichen Gabriel möglicherweise ins Jenseits befördert zu haben, jagt mir Angst ein. Nicht zu reden von den Konsequenzen, die sich daraus zwangsläufig ergeben würden.

Doch mindestens so sehr wie Gabriels Schicksal beschäftigt mich mein eigenes Verhalten, das nicht zu meinem Bild von mir selber passen will. Ich war fähig gewesen, Gabriel ohne Vorwarnung niederzuschlagen. Mein auf der ersten Seite dieses Tagebuchs festgehaltener Vorsatz, ein anderer, besserer Max zu werden, erscheint mir unter diesen Umständen wie blanker Hohn.

Später. Nichts. Ich kann bloss hoffen, dass der gestrige Vorfall unter der Rubrik der unspektakulären üblichen Wirtshausschlägereien abgebucht wurde, die nicht von öffentlichem Interesse sind. Wieder einmal vermisse ich einen echten Freund schmerzlich. Ralph ist weit weg. Ich bin mir sicher, er würde es auf sich nehmen, sich am Ort meines möglichen Verbrechens ein Bier zu genehmigen und sich dabei etwas umzuhören. Doch mir sind die Hände gebunden. Und so bleibt mir nur die Hoffnung.

Freitag, 17. Januar 2020

Immer noch nichts. Ich frage mich, ob ich es wagen kann, in Gabriels Firma anzurufen. Es ist unklar, ob die Empfangsdamen von unserer Verabredung wissen. Nach wie vor könnte ich mich unter dem Vorwand der Recherche melden, ohne mich damit verdächtig zu machen.

Später. Die Ungewissheit wurde schliesslich unerträglich und ich habe angerufen. Der Chef sei wegen eines kleineren Unfalls heute nicht anwesend, wurde mir beschieden. Ich drückte mein Bedauern aus und fügte an, auf der Strasse herrsche heute tatsächlich die blanke Anarchie. Kein Autounfall, korrigierte mich die nette Dame, ein Sturz auf der Treppe. Sie rechne fest damit, dass Herr Schenk ab Montag wieder bei voller Gesundheit in der Firma anzutreffen sei. Mein Dank für diese Auskunft kam von Herzen. Nun bin ich erleichtert. So erleichtert! Auch deshalb, weil Gabriel offenbar auch kein Interesse daran hat, unser Treffen an die grosse Glocke zu hängen.

Samstag, 18. Januar 2020

Gestern hatte Lilith ein Vorsprechen an der Schauspielschule, weshalb wir uns erst heute wieder sehen werden. Das kommt mir entgegen, denn so habe ich noch etwas Zeit, das in den letzten Tagen Vorgefallene zu sortieren und mir zu überlegen, ob und falls ja wie sich dadurch meine Beziehung zu Lilith verändert hat.

Was ich herausgefunden habe: Gabriel ist ein Widerling sondergleichen, doch scheint er die Kunst der Manipulation von Frauen zu beherrschen. In diesem Punkt hat er mir eindeutig einiges voraus, doch das lasse ich ihm gerne. Ich verspüre keinen Ehrgeiz in diese Richtung. Der Mensch Lilith ist und war Gabriel völlig egal. Diese Erkenntnis schmerzt besonders und wider alle Vernunft, droht mir doch in dem Fall von seiner Seite her keine Gefahr.

Nach wie vor unerklärlich ist mir, wie meine kluge, eigenständige, unvergleichliche Lilith in seinen Fängen landen konnte. Nach Gabriels handgestrickter Theorie sucht Lilith den Schmerz. Ich bedaure, nicht genauer nachgefragt zu haben, bevor ich zuschlug. Meinte er damit nur den körperlichen Schmerz? Oder hat er Lilith auch psychisch misshandelt? Es wird nicht einfach sein, das herauszufinden.

Noch viel drängender stellt sich die Frage, was das alles für mich bedeutet. Mit ihren unerwünschten Geschenken hat mir Lilith die Richtung vorgegeben. Wie enttäuscht muss sie von mir gewesen sein, wie wenig ich damit anzufangen wusste! Unsere erste, noch vollkommen keusche gemeinsame Nacht kommt mir in den Sinn. Meine Ungeschicktheit, das heisse Wachs auf Liliths Brust. Am meisten verstört hatte mich damals Liliths Reaktion darauf, diese reine Glückseligkeit in ihren Augen. Wie weit würde ich gehen, um Lilith glücklich zu machen? Wie weit könnte ich gehen?

Vor lauter Nachdenken habe ich nun Kopfschmerzen. Dagegen hilft ein doppelter Espresso. Dank der kleinen Kaffeemaschine in meinem Hotelzimmer brauche ich mich dafür nicht einmal nach draussen zu begeben. Und die Milch, die ich in der Minibar aufbewahre, ist sogar noch geniessbar. Immerhin.

Sonntag, 19. Januar 2020, nach Mitternacht

Streit mit Lilith. Sie hat mich hinausgeworfen. Dabei fing alles gut an. Auf den letzten Treppenstufen zu ihrer Wohnung vernahm ich bereits die Klänge von Vivaldis winterlicher Kutschenfahrt. Noch bevor ich die Tür hinter mir zugemacht hatte, fiel mir Lilith um den Hals. Ich schielte kurz Richtung Esstisch. Aufgedeckt, doch kein Geschenkpäckchen. Ich zog Lilith eng an mich, küsste sie ausgiebig und vergrub meine Nase in ihrem Haar, das nach Pfirsich roch. Sie machte sich frei und strahlte mich an.

»Sie nehmen mich! Stell dir vor!«

»Das sind ja grossartige Neuigkeiten. Gratuliere! Was hast du denn vorgespielt?«

»Das Lied von der Seeräuber-Jenny. Du weisst schon.«

Ich wusste. Schliesslich war ich in einem früheren Leben Deutschlehrer gewesen. Diese Zeit schien mir nun weit weg.

Unterwegs hatte ich, einer Eingebung folgend, zwei Flaschen teuren Rotwein gekauft, der sich nun bestens dafür eignete, auf Liliths Erfolg anzustossen. Um ehrlich zu sein, hatte ich bei meinem Kauf nicht an Liliths Vorsprechen gedacht, sondern daran, dass der Wein Liliths Zunge lockern würde und ich so mehr über sie und Gabriel herausfinden könnte.

Liliths Haushalt überrascht mich immer wieder. Aus einem kleinen Schränkchen zauberte Lilith zwei bauchige Rotweingläser hervor, die beim Anstossen einen vollen, runden Klang ertönen liessen. Wir setzten uns an den kleinen Tisch und liessen uns den reichhaltigen Spinatkuchen *à la mode de Lilith* schmecken, der auch heute wieder vorzüglich gelungen war. Die Musik hatte schon länger zu spielen aufgehört, und Lilith verzichtete zum Glück darauf, sie noch einmal von vorne laufen zu lassen. Ich hatte beschlossen, erst bei Liliths drittem Glas das Thema aufs Tapet zu bringen, das mir unter den Nägeln brannte.

Lilith war richtig aufgekratzt. Sie schilderte ihre Mitkonkurrentinnen in den lebhaftesten Farben, imitierte ihre näselnden Stimmen oder ihre Ticks, die wohl der Nervosität geschuldet waren, wie Lilith fairerweise bemerkte. Ein ums andere Mal brachte sie mich zum Lachen. Ich achtete darauf, Liliths Glas nie leer werden zu lassen. Das erschwerte zwar das Zählen, doch als die erste Flasche leer war, hielt ich meine Zeit für gekommen.

»Lilith, bist du eigentlich richtig glücklich mit mir?«, begann ich, zugegeben äusserst unbeholfen. Lilith runzelte die Stirn.

»Was soll das jetzt, passt dir irgendetwas nicht?«

»Nein, ganz im Gegenteil, alles mit dir fühlt sich für mich perfekt an.« Die erste Lüge. Wie konnte ich unter diesen Umständen von Lilith totale Ehrlichkeit erwarten?

»Warum fragst du dann? Irgendeinen Hintergedanken scheinst du ja zu haben, sonst würdest du diese Frage nicht stellen. Dass sie blöd und überdies unnötig ist, versteht sich von selbst. Oder würde ich sonst hier mit dir sitzen?«

Ich beschloss, deutlicher zu werden.

»Weisst du, es gibt da ein paar Dinge, die mich beschäftigen und die ich gerne verstehen möchte. Zum Beispiel Gabriel. Er scheint für dich immer noch eine Bedeutung zu haben. Erzähl mir von ihm und von dir. Weshalb habt ihr euch getrennt? Es ist manchmal schwierig, gegen ein unbekanntes Phantom ankämpfen zu müssen.« Die zweite Lüge. Inzwischen kannte ich Gabriel, und als ich ihn niederschlug, hatte er nichts Phantomartiges an sich, sondern zeigte durchaus menschliche Züge. Ich erwartete eine heftige Reaktion von Lilith. Doch sie blieb ganz ruhig, so ruhig, dass mir unheimlich wurde.

»Max, ich weiss nicht, wie oft ich dir das noch sagen soll. Vergangenes ist vergangen. Lass es ruhen. Das meiste, was du wissen musst, weisst du schon, und was du noch nicht weisst, wirst du herausfinden, wenn die Zeit dafür gekommen ist.«

Lilith blockte. Ich fühlte mich hilflos, ja verzweifelt. Mir blieb nur noch der Kampf mit offenem oder zumindest halb offenem Visier.

»Lilith, ich kenne dich besser, als du denkst. Dieser Gabriel hat dich verletzt, das spüre ich. Was hat er dir angetan? Wir sind zusammen, also geht das auch mich etwas an. Sprich mit mir!«

Liliths Geduldsfaden war nun endgültig gerissen. Mit

einem Knall stellte sie ihr Weinglas zurück auf den Tisch.

»Spar dir dein Psychogelaber und hau einfach ab. Ich weiss mir schon zu helfen. Übrigens, Max, Eifersucht steht dir nicht.« Damit ging sie zur Tür und hielt sie offen, bis ich draussen war. Ich bekam noch mit, wie Lilith den Schlüssel zwei Mal im Schloss umdrehte.

Und nun sitze ich hier, an meinem winzigen Schreibtisch, über dem unnötigerweise ein grosser Spiegel hängt. In der Whiskyflasche befindet sich nur noch ein trauriger Rest. Es muss schon Monate her sein, dass ich Zuflucht bei diesem Seelentröster gesucht habe. In meinem Kopf dreht sich alles, leider nicht nur vom Alkohol.

Wie konnte ich bloss? Lilith hat mir schon so oft und unmissverständlich zu verstehen gegebenen, dass sie nicht über ihre Vergangenheit sprechen will. War es Eifersucht, wie Lilith behauptete? Oder echte Sorge um den Menschen, den ich liebe? Wie auch immer. Lilith bedeutet mir sehr viel. Ist es da nicht normal, dass ich wissen möchte, was sie im Innersten beschäftigt? Denn das tut es, dieser Gabriel hat sich in ihr regelrecht festgekrallt. Zumindest möchte ich das so sehen. Betrachte ich die Sache nüchtern, so gut mir das mein gegenwärtiger Zustand erlaubt, ist es genau umgekehrt: Gabriel verschwendet kaum noch einen Gedanken an Lilith. Es ist Lilith, die nicht vergessen kann.

Nun ist die Flasche leer. Ich bin ratlos. Und betrunken. Wütend auf mich. Aber auch auf Lilith. Was macht sie auch so ein Geheimnis um ihre Vergangenheit? Und wie habe ich mich bloss derart abspeisen lassen können! Die Dame hält die Türe auf, Max dackelt davon. Ohne Widerspruch. Wie der alte Max. Der neue Max lässt sich nicht mehr alles gefallen. Das soll sie sich gefälligst merken. Und zwar sofort. Egal ob ich den ganzen Weg zu Fuss zurücklegen muss.

Stunden später. Mein Schädel brummt. Weit bin ich nicht gekommen. Nicht einmal bis zur Tür. Ich stolperte über ein Buch und fiel der Länge nach hin. In dem Moment lichtete sich kurz der Nebel in meinem Kopf und ich erkannte, wie sinnlos es wäre, zu Lilith zurückzugehen. Ich hievte mich aufs Bett, noch in den Kleidern, verfluchte das sich vor meinen geschlossenen Augen drehende Karussell, schlief dann aber doch ein.

Das Ausmass meiner Misere wird mir erst jetzt deutlich. Über allem steht die Frage: War's das jetzt mit Lilith? Der Gedanke, ich könnte sie verloren haben, hat etwas Monströses an sich und schnürt mir die Brust zu. Am liebsten würde ich zu ihr gehen, sie in die Arme nehmen und mich entschuldigen, auch wenn ich mir keiner Schuld bewusst bin. Hauptsache, Lilith wäre besänftigt. Doch das würde Lilith nicht gefallen. Auch dem neuen Max nicht. Und da kommt mir plötzlich Gabriel in den Sinn mit seinen widerlichen Manipulationskünsten. Lilith steht auf Schmerzen. Also muss ich sie leiden lassen. Ich verachte mich für diesen Gedanken, überlege mir aber trotzdem, wie ich es anstellen könnte, sie leiden zu machen. Lilith mag mich, ja ich denke, sie liebt mich, vorausgesetzt, ich halte mich an ihre Regeln und bedränge sie nicht. Also wird auch sie mich vermissen, wenn ich mich nicht mehr bei ihr melde. Dass ich darunter wohl mehr leiden werde als sie, ist anzunehmen. Doch ich will Lilith zurück, und sei's um diesen Preis.

Eine ganze Woche lang habe ich mich nun gequält. Ich war standhaft, auch wenn ich viele kritische Momente zu überstehen hatte. Manchmal half mir dabei der bewährte Seelentröster, manchmal ein langer Spaziergang oder ein Action-Film.

Am besten konnte ich mich durch Arbeit ablenken. Einer der Kollegen, die fürs Feuilleton zuständig sind, ist im Vaterschaftsurlaub und fällt deshalb für zwei Wochen aus. Aufgrund meiner bisherigen Leistung darf ich während dieser Zeit einen Teil seiner Arbeit übernehmen. Die vergangene Woche war ich deshalb überall anzutreffen. Ich schrieb über zwei Geschäftseröffnungen, eine umstrittene Temporeduktion in einem Aussenquartier und die Geburt eines Wappentiers der Stadt. Dazu kam ein Porträt über eine Autorin, die ihren Zenit wohl schon überschritten hat, sich aber als sehr charmante Dame entpuppte. Einen ganzen Nachmittag lang tranken wir zusammen Tee aus feinen Porzellantassen, ich stopfte mich voll mit selbst gebackenen Haferplätzchen und vergass für ein paar Stunden meinen Kummer.

Lilith hat sich nicht gemeldet. Die Ungewissheit macht mich halb wahnsinnig. Doch ich bin entschlossen durchzuhalten. Zumindest bis zum kommenden Wochenende. Auch wenn es mir schwer fallen wird.

Ob Lilith wohl schwimmen geht? Ich habe mich für heute mit so viel Arbeit eingedeckt, dass an ein Training nicht zu denken ist.

Was Lilith angeht, schwanken meine Gefühle zwischen kaum erträglicher Sehnsucht, Zärtlichkeit, Hilflosigkeit, aber auch Ärger, ja Wut. Und bei allem schwingt die Angst mit, ich könnte sie endgültig verloren haben.

Ralph hat angerufen. Ich schüttete ihm mein Herz aus. Er ist der einzige Mensch, dem ich je von Lilith und mir erzählt habe. Ralph fragte mich, ob ich nicht wieder an die Schule zurückkehren wolle. Meine Stelle sei noch nicht definitiv besetzt. Zudem habe es zwei Abgänge im Kollegium gegeben, die mir meine Entscheidung leichter machen könnten. Mathilde habe gekündigt und wolle zusammen mit Fredo in Südfrankreich eine Pension eröffnen. Die selbstverständliche Art, wie Ralph Fredo erwähnte, gab mir einen Stich. Ich stellte mir die drei – Mathilde, Ralph und Fredo – vor, wie sie an Mathildes Küchentisch unter der gedimmten Hängelampe sassen, freundschaftlich vereint. Auch Martin sei weg, ohne sich von irgendjemandem verabschiedet zu haben. Rita schweige wie ein Grab über den Grund seines Abgangs, den niemand aus dem Kollegium bedaure. Ich versprach Ralph, mir die Sache durch den Kopf gehen zu lassen – was immer das auch heissen mag.

Freitag, 31. Januar 2020

19 Uhr. Das ist alles, was auf dem Zettel steht, den ich heute auf meinem Pult in der Redaktion vorfand. In Liliths Handschrift. Niemand konnte mir Auskunft darüber geben, wie die Nachricht auf meinen Schreibtisch gelangt ist. Aber eigentlich ist das auch egal. Lilith hat geschrieben! Auf ihre typische Lilith-Art. Ich kann es kaum glauben und bin überglücklich.

Später. Meine Freude war wohl etwas voreilig. Ich habe keine Ahnung, was Lilith von mir will. Im schlimmsten Fall einen Abschied für immer.

Noch später. *19 Uhr*. Sonst nichts. Keine Anrede, kein Gruss. Klingt wie ein Aufgebot oder ein Befehl. Frauchen pfeift, der Hund gehorcht. Will ich das?

17 Uhr. Ich fahre meinen Computer herunter.

»Kommst du auch noch auf ein Bier?«, ruft Simone aus dem Nebenraum. Das wäre die Gelegenheit, die ein Mann wie Gabriel beim Schopf packen würde. Mit der attraktiven Kollegin bei ein paar Drinks das Wochenende einläuten, während Lilith vergebens wartet.

»Ein anderes Mal gerne«, rufe ich zurück. Die Zeit reicht noch für eine Dusche. Ich werde das gestreifte Shirt anziehen, das mir gemäss Lilith so gut steht. Für alle Fälle.

Sonntag, 2. Februar 2020

Gestern war ich nicht imstande zu schreiben. Nicht, dass es mir heute besser gehen würde. Doch mir hilft es, meine Gefühle in Worte zu fassen und so etwas Ordnung in meine Gedanken zu bringen.

Ob es Absicht oder Zufall war, weiss ich nicht, doch als ich pünktlich um 19 Uhr vor Liliths Türe stand, schallte mir der Anfang des dritten Satzes von Vivaldis Sommer drohend entgegen. Ich machte mich auf das Schlimmste gefasst. Umso überraschter war ich, als Lilith mit Schwung die Türe aufriss und sich mir ohne Umschweife in die Arme warf. Sie habe mich vermisst, beteuerte sie in einem fort, und küsste mich mit einer Inbrunst, die mich verwirrte. Die Tatsache, dass unsere letzte Begegnung mit meinem Rauswurf aus ihrer Wohnung geendet hatte, schien vergessen. Zumindest benahm sich Lilith so, als habe er gar nie stattgefunden, nahm mich bei der Hand und zog mich ins Zimmer hinein. Wie beim allersten Mal hatte sie weisse Kerzen im Raum verteilt, die im Luftzug flackerten und erst wieder zur Ruhe kamen, nachdem Lilith die Türe geschlossen hatte. Lilith trug einen mit bunten Drachen bestickten Seidenkimono und hatte ihr Haar aufgesteckt. Sie sah wunderhübsch und sehr zerbrechlich aus.

Ich setzte mich auf einen der beiden Stühle am kleinen Esstisch, auf dem die beiden bauchigen Gläser und die zweite Flasche des guten Weins vom letzten Mal standen. Lilith schob mir den Öffner zu. Ich entkorkte die Flasche und schenkte uns beiden ein.

»Moment noch, ich habe etwas vergessen. Ich bin gleich wieder da.« Lilith verschwand durch die schmale Estrichtür.

Während Lilith weg war, hing ich meinen Gedanken nach. Entgegen der landläufigen Meinung sind wir Männer nicht grundsätzlich abgeneigt, über Probleme in der Beziehung zu sprechen, sofern es sich tatsächlich um Probleme handelt. Es mag sein, dass wir damit manchmal zu lange zuwarten. Dann kann es uns so ergehen wie dem viel zitierten Herrn, der keine Cornflakes mag und sich deshalb die Schale immer randvoll füllt, damit die Packung möglichst bald leer ist. Worauf die treu sorgende Gattin flugs für Nachschub sorgt in der Annahme, sie würden ihm ausserordentlich gut schmecken.

Auch ich hatte den günstigen Moment verpasst, um mit Lilith über das zu sprechen, was mir in unserer Beziehung Probleme machte. Über ihre Vergangenheit würde sie sich wohl weiterhin ausschweigen. Damit würde ich mich abfinden müssen. Mit der Zeit, so hoffte ich, würde das Vertrauen zwischen uns noch weiter wachsen und es ihr schliesslich ermöglichen, sich mir zu öffnen.

Doch die grösste Schwierigkeit habe ich damit, dass Lilith offenbar nur dann Lust empfinden kann, wenn ihr Schmerzen zugefügt werden. Gabriel scheint sich in diesem Punkt nicht geirrt zu haben. Ich liebe Lilith. Wie kann ich sie dann schlagen und quälen? Auch wenn es nicht leicht sein würde, war ich entschlossen, mit Lilith darüber reden. Ich nahm einen grossen Schluck aus dem edlen Glas und legte mir einen Satz zurecht, mit dem ich unser zweifellos schwieriges, nichtsdestotrotz unumgängliches Gespräch eröffnen wollte.

In dem Moment erschien Lilith mit einem grossen Paket unter dem Arm. Sie schob mein Weinglas zur Seite und legte das Geschenk vor mich hin. Es war in das schwarze Papier mit den goldenen Punkten eingewickelt wie alle anderen zuvor. In diesem Augenblick erkannte ich mit grosser Klarheit die Unmöglichkeit, mit Lilith je wirklich glücklich zu werden. Und noch schmerzlicher traf mich die Erkenntnis, dass auch Lilith mit mir nie glücklich werden würde.

»Was wartest du?«, wollte Lilith wissen. Sie blickte mich auch dieses Mal erwartungsvoll an. In ihren Augen spiegelte sich das Licht der beiden Kerzen auf dem Tisch. Eine unendliche Zärtlichkeit überkam mich. Ich strich über Liliths widerspenstiges Haar, dann liess ich meine Hand über ihre Wange gleiten, im vollen Bewusstsein meiner sinnlosen Liebe und des unausweichlichen Abschieds von diesem einzigartigen Wesen. Es kostete mich Überwindung, das Paket zu öffnen. Und das zu Recht. Verschiedene Lederpeitschen, Ketten in unterschiedlicher Ausführung, eine angsteinflössende Maske und weitere Utensilien, deren Verwendung mir schleierhaft war, befanden sich darin.

Lilith stand auf, liess den Kimono zu Boden gleiten und ging hinüber zu ihrem Bett, auf dem ich die Hand- und Fussfesseln erkennen konnte. Also legte ich die Manschetten um Liliths zarte Gelenke und befestigte die Enden der Fesseln an der Bettstatt. Dann hob ich den Kimono vom Boden auf und deckte Liliths schutzlosen Körper damit zu .

»Noch etwas Geduld«, flüsterte ich ihr ins Ohr. Im Badezimmer kauerte ich mich auf den Boden und weinte so geräuschlos wie möglich. Als ich mich etwas beruhigt hatte, suchte ich mir aus dem Paket die harmloseste Peitsche heraus. Noch ein letztes Mal würde ich auf Liliths zarter Haut hässliche rote Striemen hinterlassen und sie damit glücklich machen.

Ich wartete, bis Liliths Atemzüge regelmässig waren und ich sicher sein konnte, dass sie schlief. Dann schlüpfte ich in meine Kleider. Ich schlich zur Türe, die Schuhe in der Hand. Das Zimmer wurde nur noch von einer einzigen einsamen Kerze in der Küchennische erhellt. Riesengross schob sich mein Schatten über die Wand, als ich aus Liliths Leben verschwand.

Noch immer bin ich wie betäubt. Ob Lilith mir je verzeihen kann? Bevor ich Ralph anrufe, bleibt mir noch einiges zu tun. Ich beginne mit dem Wichtigsten. Vor mir liegt ein Bogen Briefpapier. Das Papier ist von guter Qualität. In der oberen linken Ecke ist das Logo meines Hotels aufgedruckt, ansonsten ist das Blatt noch leer. Ich nehme den Stift zur Hand und beginne.

Liebste Lilith

LILITH

1

Ich heisse Lilith. »Was für ein schöner Name! Was bedeutet er?« Oder die ganz Schlauen: »War das nicht die erste Frau Adams? Die Wilde, die sich nichts sagen liess?« Und dann beziehen sie das gleich auf mich. Ich weiss nicht, wie oft ich meinen Namen schon buchstabiert habe. L I L I T H. Tue ich es nicht, fehlt am Schluss garantiert das H. Hört man zwar nicht, ist aber trotzdem da.

Manchmal ruhe ich aus von meinem Namen. Überhaupt vom Lilith-Sein. Dann bin ich Anna, Spross einer unproblematischen Familie mit Eltern, die ohne Gutenachtkuss nicht einschlafen können. Der Vater erfolgreich wahlweise als Architekt, Zahnarzt oder Anwalt, die Mutter eine warmherzige Schönheit mit Sinn für Humor. Ein schmuckes Einfamilienhaus in der Agglomeration, selbstverständlich mit Swimmingpool, ausreichend für mindestens acht Schwimmzüge. Ihre Ferien verbringen Annas Eltern auf einem Weingut in der Toscana, auf Flüge wird der Umwelt zuliebe verzichtet.

Die einzige Tochter – das wäre dann ich – ist ihr ganzer Stolz. Sie überschütten sie mit Liebe bis zum Abwinken, trösten sie, wenn die Katze an einer Nierenkrankheit leidet – Anna hat eine Tigerkatze – und freuen sich mit ihr, wenn sie im Job befördert wird.

Gabriel denkt bis heute, Anna sei mein richtiger Name. Falls er überhaupt an mich denkt.

Ich mag Männer. Manchmal mehr wegen, manchmal mehr trotz allem. Dass es mit ihnen nie ganz klappen kann, liegt an unseren unterschiedlichen Träumen. Männer träumen von einfachen Dingen. Von Sex mit zwei Frauen, auch wenn sie damit heillos überfordert wären. Oder von einem Aufsitzmäher. Zumindest die guten Männer haben solche Träume. Die Männer, die man lieben sollte. Gabriel gehört definitiv nicht zu dieser Kategorie.

Es war so richtig ein Tag, um im Bett liegen zu bleiben, als er mir über den Weg lief. Oder ich ihm, was letztlich nicht viel ändert, aber trotzdem einen Unterschied macht. Kaum hatte ich an diesem düsteren Morgen die Augen aufgeschlagen, wackelte auch schon mein innerer Schweinehund mit seinen borstigen Ohren, zog die rosa Steckernase kraus, wies auf den grauen Himmel hin, aus dem grosse Regentropfen auf das Dachfenster klatschten und erkundigte sich scheinheilig nach meinem Hals, der tatsächlich noch immer leicht kratzte. Doch ich fiel auf seine plumpen Tricks nicht herein. Schliesslich habe ich einen Plan, und die Rechnung ist schnell gemacht: ohne Job kein Geld und ohne Geld keine Schauspielschule. Also sauste ich, fünf Minuten zu spät, aus dem Haus. Beim Kiosk angekommen, stellte ich fest, dass ich die

Schlüssel auf dem Küchentisch hatte liegen lassen und spurtete noch einmal zurück, um sie zu holen. Bevor ich die Tür zum Kiosk aufschliessen und den Rollladen hochziehen konnte, noch immer ziemlich ausser Atem, musste ich mich durch ein Grüppchen von verärgerten Stammkunden in grauen Regenmänteln drängeln.

»Auch schon aus den Federn, das Fräulein?«

»Wohl spät geworden gestern?«

Wer an einem Kiosk arbeitet, braucht ein gutes Gedächtnis. Stammkunden hassen nichts mehr, als dass man ihre Wünsche nicht im Kopf hat. Schwer machen es einem die Zigarettenhersteller. Extra, super, light, Doppelfilter… und das von einer einzigen Marke. Nach fünf Minuten waren die Graumäntel abgefertigt, und ich hoffte, mein extrasupernettes Lächeln als Entschuldigung für meine Verspätung würde sie von einer Klage bei meinem Vorgesetzten abhalten. Nur noch ein Jahr, dachte ich, und dann habe ich das Geld für die Schauspielschule beisammen.

Als ich den Ständer mit den Postkarten durch die enge Tür nach draussen bugsierte, stiess ich mit einem Typen zusammen, der sich ausgerechnet das Plätzchen neben dem Eingang ausgesucht hatte, um nicht nass zu werden. Der Regen war nun sintflutartig, und die vorbeifahrenden Autos liessen regelrechte Wasserfontänen aufspritzen.

»Müssen Sie unbedingt hier herumstehen?«, fragte ich ziemlich unfreundlich, denn der Tag war mir wegen der ganzen Hetzerei schon verleidet, noch bevor er überhaupt richtig begonnen hatte.

»Schlecht geschlafen?«, konterte er mit einer Stimme, die

mich aufhorchen liess. Ein Hauch von Arroganz lag darin, gleichzeitig war sie weich und warm. Und diese Stimme war es auch, die mich unvorsichtig werden und nach dem bestimmten Glitzern Ausschau halten liess. Ich wurde nicht enttäuscht. Jedenfalls nicht in diesem Moment, erst viel später. Das Glitzern in seinen Augen war da. Definitiv. Über alles andere sah ich grosszügig hinweg: das unvorteilhaft frisierte Haar, das dünne Oberlippenbärtchen, den ungesunden Teint, den schlecht sitzenden Anzug und die schrille Krawatte.

»Nur gestresst. Kann ja mal vorkommen, oder?«

Er lachte, durchaus charmant, und klappte seinen Schirm wieder auf.

»Und schon bin ich weg! Einfach nicht nerven lassen!«

Und tatsächlich überquerte er die Strasse, ohne sich noch einmal umzudrehen. Was mich wurmte. Und darüber ärgerte ich mich noch mehr. Wirklich kein guter Tag. Ich schaute ihm nach und bemerkte mit Schadenfreude, wie die Hosenstösse seines Anzugs bei jedem seiner Schritte durch die Pfützen noch etwas dunkler wurden.

Er kam nicht wieder. Nicht am nächsten Tag, nicht am übernächsten. Und ging mir nicht aus dem Kopf. Eine ganze Woche lang. Bis er sich lässig an den Kiosktresen lehnte und eine Schachtel Marlboro verlangte. Da hatte er bereits gewonnen. Ich wusste es und konnte nichts dagegen tun. Wann ich Feierabend hätte, wollte er wissen. Er wolle mich auf einen Drink einladen. Nicht gerade einfallsreich. Trotzdem ging ich mit, als er am Abend kam, um mich abzuholen.

In der Bar bestellte er dann, ohne zu fragen, auch für

mich einen Martini. Und später noch einen. An das Gespräch kann ich mich nicht mehr erinnern. Smalltalk eben, von dem nichts Nennenswertes haften blieb. Ich betrachtete ihn von der Seite. Nicht mein Beuteschema. Und doch rutschte ich, wie von einem Magnet angezogen, auf der roten Kunstlederbank in kleinen Schritten möglichst unauffällig immer etwas näher zu ihm hin. Er gab vor, nichts zu bemerken. Nach einer Weile legte er seine Hand auf mein linkes Knie. Der Klassiker. Doch statt sie wegzustossen, schloss ich, nun offensichtlich, die Lücke zwischen unseren Körpern. Er musste etwas Asiatisches gegessen haben. Auf jeden Fall schmeckte der Kuss danach. Und ich fand Gefallen daran, mehr, als mir lieb war.

Von da an holte er mich von der Arbeit ab. Er hatte sich meinen Einsatzplan gemerkt. Doch nicht immer kam er. Manchmal blieb er drei Tage weg, ohne Erklärung. Und liess dadurch meine Sehnsucht wachsen und aufkommende Zweifel meinerseits schon im Keim ersticken.

Die teeniemässige Knutscherei in der Bar wurde mir zunehmend peinlich. Gabriel schlug ein Hotelzimmer vor, und ich ging, ohne zu zögern, mit. An der Rezeption nannte er tatsächlich seinen richtigen Namen, wie ich durch spätere Recherche im Internet feststellen konnte. Also hatte er, der Chef einer Bude, die irgendwelche Verpackungen herstellt, nichts zu verbergen. Ich achtete auf ein kumpelhaftes Augenzwinkern zwischen dem Concierge und ihm. Doch wurde ihm der Zimmerschlüssel ohne irgendwelche verräterischen Blicke überreicht. Gabriel schien kein notorischer Frauenheld zu sein, zumindest nicht in diesem Hotel. Erst viel später, als ich genug von diesem anonymen Hotelzimmer hatte, fragte ich ihn, weshalb er mich nicht zu sich mitnehmen würde.

»Ich pendle, Süsse, und die vierzig Kilometer bis zu meinem Zuhause würde ich nicht überstehen, ohne über dich herzufallen.«

Verblendet, wie ich war, fasste ich das als Kompliment auf. Als Beweis meiner Unwiderstehlichkeit. Aus einem mir bis heute schleierhaften Grund übersah ich das Offensichtliche: Gabriel musste in einer Beziehung leben.

Es dauerte nicht lange, bis meine Wohnung zu unserem Rückzugsort wurde. Nur selten blieb Gabriel über Nacht, was mir recht war. Denn die wenigen Male, die ich neben ihm erwachte, liessen ein schales Gefühl zurück. Was hatte dieser gewöhnliche Mann mit dem offenen Mund und den schartigen schrägen Zähnen in meinem Bett zu suchen? Ich ermahnte mich, diesem unwürdigen Treiben ein Ende zu setzen. Und sobald es Abend wurde, vermisste ich ihn. Oder, wie ich heute denke, wie er mich fühlen lassen konnte.

Ich gewöhnte mich an mein Doppelleben. Tagsüber verdiente ich mein Geld als Kioskverkäuferin, immer darauf bedacht, keinen überflüssigen Rappen auszugeben, um möglichst bald die Ausbildung zur Schauspielerin beginnen zu können. Caroline meinte, dieser Beruf sei mir auf den Leib geschrieben und ich würde in Nullkommanichts auf einer der grossen Bühnen spielen. Sie prophezeite mir stehende Ovationen, monströse Blumensträusse und Einladungen zu Cocktailparties ohne Ende. Doch mir geht es um anderes. Ich möchte den grossen Dramen der Weltliteratur Leben einhauchen, jeder Figur einen Teil meiner selbst leihen und dadurch das Publikum begeistern. Caroline kann mit solchen Ideen wenig anfangen. Deswegen liebe ich sie kein bisschen weniger. Ja, ohne Caroline wäre ich nicht einmal imstand, solche Träume zu haben.

So zielstrebig ich am Tag meine Pläne verfolgte, so willenlos wurde ich am Abend, sobald Gabriel auftauchte. Ich verlor mich und fand mich zugleich. Und sobald es wieder Morgen wurde, hasste ich mich dafür.

Es kam, wie es kommen musste: ich wurde schwanger. Ob es an den Hormonen lag, die mich unvorbereitet überfluteten oder an einer uneingestandenen Sehnsucht nach Geborgenheit weiss ich nicht, doch ich dachte ernsthaft darüber nach, zusammen mit Gabriel unser Kind grosszuziehen. Ich begann, Gabriel zu beobachten. Und entdeckte Liebenswertes. Störte mich zuvor sein offener Mund, aus dem unrhythmisches Schnarchen drang, sobald er von mir abliess und in einen kurzen Dämmerschlaf glitt, so verstand ich das nun als Zeichen seines Vertrauens. Und je länger ich lauschte, desto stärker wuchsen meine bisher nicht vorhandenen zärtlichen Gefühle für ihn. In seiner Durchschnittlichkeit sah ich sympathische Natürlichkeit, und ich zweifelte keine Sekunde daran, dass Gabriel ein grossartiger Vater sein würde. Ich war entzückt von seinem charmanten Lachen, schwelgte in Zukunftsträumen und erahnte Tiefen, wo keine vorhanden waren.

Meine Schwangerschaft war mein Geheimnis. Ungeduldig erwartete ich die legendären Gelüste, die Schwangere heimzusuchen pflegen. Ich stellte mir vor, wie sich Gabriel eine saure Gurke zwischen die Zähne klemmt und mich abbeissen lässt, bis sich unsere Lippen berühren. Oder wie Gabriel meine Handgelenke mit einem Seidenschal umwickelt, die Enden an die Bettpfosten knüpft und meinen nackten Körper mit Erdbeeren dekoriert. Und alle selber aufisst. Oder vielleicht auch nicht. Vielleicht steckt er mir eine in den Mund. Doch das weiss ich nicht, so etwas weiss man bei Gabriel nie.

Nachdem ich Gabriel eingehend geprüft hatte, war es Zeit, ihm die freudige Nachricht zu überbringen. Dieser Moment sollte etwas Besonderes sein. Ohne zu zögern opferte ich einen Teil meiner Ersparnisse für ein nachtblaues Kleid, das die Farbe meiner Augen vorteilhaft unterstrich und die noch vorhandene Taille betonte. Zum ersten Mal bestimmte ich Ort und Zeit unseres Treffens: neun Uhr im Lokal, in dem wir nach unserer ersten gemeinsamen Nacht gefrühstückt hatten.

Gabriel wirkte noch etwas verschlafen, als er zu ungewohnter Zeit zu unserem Rendezvous erschien. Er hatte zwei Termine auf den Nachmittag verschieben müssen, um meiner Einladung zu folgen, widerwillig wohl, denn seine Miene war leicht säuerlich. Warte nur, dachte ich, schon bald wird das Glück aus deinen Augen leuchten. Ich überschlug noch einmal in Gedanken meine Finanzen, dann bestellte ich zwei Mal das grosse Frühstück. Noch kein Glück in seinen Augen, doch leises Erstaunen. Immerhin. Fragen stellte er nach wie vor keine und griff stattdessen nach der Zeitung, die auf dem Nebentisch lag. Bis die Kellnerin das Gewünschte brachte, sprachen wir kein Wort. Nicht genau das, was ich mir vorgestellt hatte. Doch wir hatten ja Zeit.

Das grosse Frühstück war kein leeres Versprechen. Nur mit Mühe gelang es der Kellnerin, alles, was dazugehörte, auf dem kleinen Tisch zu platzieren.

»Soll es auch noch ein Ei sein? Wir beziehen sie beim Biobauern.«

Gabriel, dessen Lebensgeister langsam erwachten, legte die Zeitung weg und nickte, sehr gerne, gleichzeitig schüttelte ich den Kopf. Und stellte fest, dass ich gar keinen Appetit hatte. Nicht so Gabriel. Er rührte in der kleinen Glasschale mit Marmelade, hob den Löffel, roch daran, kippte ihn ein wenig und liess die Marmelade in die Schale zurücktropfen.

»Mmmhh. Erdbeeren. Magst du?«

Ich schüttelte den Kopf und griff stattdessen nach dem Käse, wenn er schon einmal da war.

»Und ob du magst!«

Mit der linken Hand fasste er unter mein Kinn, mit der rechten führte er den Löffel an meinem Mund und beschmierte meine Lippen mit der klebrigen Masse. Er drückte meinen Kopf so weit nach hinten, dass es schmerzte, dann leckte er meine Lippen sauber. Ich entwand mich seinem Griff und langte nach dem Körbchen mit den Croissants. Sofort legte er seine Hand über meine und flüsterte mir ins Ohr:

»Nicht für dich, Süsse, denk an deine Taille.« Er lachte mich an und nahm einen grossen Bissen von dem duftenden Gebäck.

Inzwischen war ich ziemlich ernüchtert. Gabriels Laune hatte sich zwar merklich gebessert, doch an mir begannen Zweifel zu nagen. Die hoffnungsfrohen Bilder, die mich in den letzten Tagen begleitet hatten, drohten zu zerplatzen wie

Seifenblasen: Gabriel und ich, wie wir unseren Sprössling in einem schicken Kinderwagen durch den frühlingsfrischen Wald schieben, das erste perlweisse Zähnchen mit einem Glas Champagner feiern, einträchtig neben dem Bettchen unseres Kindes stehen und seinen Schlaf bewachen… Entschlossen schob ich meine Bedenken zur Seite und griff nach Gabriels Hand.

»Da wäre noch was, das ich dir sagen will.«

»Aha, dachte ich's doch. Schickes Kleid übrigens. Und das grosse Frühstück. Ich tippe auf Lottogewinn.«

»Nahe dran. Doch nein, mit Geld hat's nichts zu tun.«

»Schade. Dann spuck's aus.«

»Ich bin schwanger.«

Gabriels Gesichtsausdruck veränderte sich kaum. »Gratulation. Dann war's das wohl mit uns beiden. Nettes Abschiedsfrühstück. Wer ist der Glückliche?«

Ungläubig starrte ich ihn an. »Wer? Du natürlich!«

»Ich? Das kann ja wohl nicht sein! Ich habe immer aufgepasst, blöd bin ich ja nicht. Du lügst mich an. Und zu holen gibt es bei mir eh nichts. Vergiss es!« Wütend schob er den kleinen Tisch ein Stück von sich weg, dass die Teller und Tassen schepperten und die Blumenvase zu Boden fiel, und zwängte sich an mir vorbei. Erst als er die Tür erreicht hatte, blickte er noch einmal zurück, kalt und hart, der gewohnte Charme war wie weggewischt.

»Schau selber, wie du aus diesem Schlamassel rauskommst. Von mir hast du nichts zu erwarten!«

Und so sass ich denn da, lange, sehr lange. Eigenartigerweise fühlte ich nichts. Weder Trauer noch Wut. Einfach:

nichts.

Die Kellnerin hatte begonnen, den Tisch abzuräumen. Dabei warf sie mir besorgte Blicke zu, die an mir abprallten. An meinem Nichts. Nach einer Weile brachte sie mir einen Kaffee, den ich nicht bestellt hatte. Ob mit mir alles in Ordnung sei? Und da erwachte ich und begann zu weinen. Das war der Beginn meiner Freundschaft mit Svetlana.

Wie es nun weitergehen sollte, wusste ich nicht. Sobald ich am Morgen aufwachte und bevor ich am Abend in einen unruhigen Schlaf fiel, legte ich meine Hände auf meinen Bauch, in dem ein neuer Mensch am Entstehen war. Eine Mischung aus Gabriel und mir. Ich schwankte zwischen Staunen ob diesem Wunder und nackter Angst. Bei der Arbeit hatte ich mich krank gemeldet, denn mein Kind verlangte eine Entscheidung von mir, für die mir nicht viel Zeit blieb und die ich nicht leichtfertig treffen durfte: leben oder nicht leben. Nein, nicht mein Kind wollte eine Entscheidung. Es gab noch kein Kind, nur einen wachsenden Zellhaufen, der zu meinem Kind werden konnte.

Sass ich in ihren Arbeitspausen mit Svetlana an der Bar und schaute mir die Bilder ihres Sohnes an, die sie mir mit Stolz zeigte, schien es mir das Natürlichste der Welt, mein Kind zu bekommen. Lag ich aber in der Nacht wach, quälten mich tausend Gedanken, die dagegen sprachen. Und so beschloss ich, Caroline anzurufen.

»Du, ein Kind? Du weisst, was das bedeutet? Für dein Leben, für deine Pläne?«

»Nicht so genau, logischerweise, wäre ja mein erstes«, gab

ich zu. Caroline hat keine Kinder, aber einen ausgeprägten Sinn für die Realität. Bisher wusste ich den zu schätzen. Jetzt war ich mir da nicht mehr so sicher.

»Weisst du was? Lass es und such dir einen Mann, der als Vater taugt. Denk an das Kind. Und an dich«, fügte sie nach einer kurzen Pause hinzu.

Ja oder Nein. Diese Entscheidung musste ich ganz allein treffen.

2

Schliesslich wurde mir die Entscheidung erspart. Ich war gerade dabei, meine Wohnung, die ich seit Tagen vernachlässigt hatte, wieder in Schwung zu bringen, als mich heftige Bauchschmerzen überfielen. Ich krümmte mich, so stark waren die Schmerzen, und wankte zum Bett, um mich hinzulegen. Da floss schon, warm und klebrig, das Blut aus mir heraus, viel Blut, Blut überall. Und schwemmte mein Kind mit sich fort. Ich verkroch mich unter die Bettdecke und weinte, weinte so viel und so lange wie noch nie.

Nach zwei Tagen schaffte ich es, Svetlana anzurufen. Sie kam, setzte sich an mein Bett, hielt meine Hand, liess mich weinen, wenn es nötig war, und sobald es mir etwas besser ging, heiterte sie mich mit Anekdoten aus ihrem Leben auf. Sie hatte es sich zur Aufgabe gemacht, mich aufzupäppeln, fütterte mich mit selbst gemachter Gemüsesuppe und Schokolade und achtete streng darauf, dass ich zwischendurch eine Runde an der frischen Luft drehte. Ich war Svetlana dankbar für ihre Fürsorge und gelobte mir, auch für sie da zu sein, falls sie mich jemals brauchen sollte.

Die kurze Schwangerschaft hatte mein Verhältnis zu meinem Körper verändert. Bis dahin hatte ich kaum je einen Gedanken an ihn verschwendet. Er hatte zu funktionieren, und das war's dann auch. Nun erschien er mir fragil, und ich beschloss, ihm Gutes zu tun. Als die Blutung aufgehört hatte, fing ich mit einem leichten Schwimmtraining an. Jeden zweiten Tag packte ich noch vor der Arbeit meine Badetasche und schwamm dann ein paar Längen. Mit jeder Woche kamen zwei weitere hinzu, und nach einem Monat kraulte ich ohne grosse Anstrengung zwanzig Längen. Schliesslich wurde mir meine Schwimmerei zur Gewohnheit, ohne die ich nicht mehr sein mochte. Und sie tat mir gut. Hatte ich miese Laune, pflügte ich auf Kampflinie durchs Wasser, war ich heiter gestimmt, planschte ich nach dem Training noch etwas im Becken und genoss die Schwerelosigkeit, die abrupt endete, sobald ich aus dem Wasser kletterte.

Meine Wochen verliefen gleichförmig und zum ersten Mal in meinem Leben in einem angenehmen und vorhersehbaren Rhythmus: montags, mittwochs und freitags ging ich schwimmen, an den Wochentagen und am Samstag arbeitete ich die zweite Schicht. Die Abende verbrachte ich oft bei Svetlana an der Bar. Sie unterstütze meinen Plan, Schauspielerin zu werden, und um mein Budget zu schonen, gingen sämtliche Drinks, die mir Svetlana servierte, aufs Haus.

Gabriel blieb stumm. Darüber war ich froh. Zumindest meine vernünftige Seite. Die andere sehnte sich nach ihm, nach seinem Lachen und seiner – wie es in den Pornomagazinen heisst, die ich aus Langeweile manchmal durchblättere – harten Hand, die mich in eine andere Welt versetzte, in der ich keine Verantwortung zu tragen hatte.

Einmal begleitete ich Svetlana zu einer Schulveranstaltung. Mit vor Stolz geblähter Brust sass sie neben mir auf einem für Erwachsene zu kleinen Stuhl und lauschte voller Hingabe ihrem Sohn, der ein Gedicht vortrug über eine Raupe, die sich zum Schmetterling wandelte. Wir gaben ein ungleiches Paar ab, Svetlana in ihrem knappen und etwas zu kurzen Lederrock und den hochhackigen Schuhen, die sie während der Arbeit nicht tragen konnte, und ich in Jeans und Turnschuhen.

Svetlana ist eine erstaunlich genügsame Person. Klagen sind ihr fremd, solange alles mit ihrem Jungen stimmt. Sie will aus ihm das Beste machen und lässt sich dabei weder beirren noch dreinreden. Trotzdem ist sie liebevoll. Aber auch streng und konsequent. Sie verfolgt mit Argusaugen die Fortschritte ihres Sohnes. Vieles an ihr erinnert mich an meine Therapeutin im Heim. Als mein Zutrauen zu Svetlana gross genug war, erzählte ich ihr eines Abends davon. Sie hatte den Kleinen zu Bett gebracht, nachdem er seine Rechenaufgaben zu ihrer Zufriedenheit gelöst hatte, und setzte sich mit einer Tasse Tee zu mir an den Küchentisch.

3

Die ersten Tage und Wochen im Heim waren nicht leicht. Zwar hatte ich ein geräumiges Zimmer für mich allein mit Blick auf eine Pferdeweide, auf der zwei gutmütige Gäule ihre Runden drehten, bis sich ein gemobbtes Kind oder ein widerspenstiger Teenager zu therapeutischen Zwecken auf ihren Rücken setzte. Das geballte und plötzliche Interesse an meinem Innenleben war mir nicht geheuer. Ich kam mir vor wie eine zugeschweisste Dose, die unter allen Umständen geöffnet werden musste. Das Ding wurde gedreht und gewendet, auf den Kopf gestellt, dann wieder wurde hoffnungsvoll auf den Deckel geklopft, doch ohne das gewünschte Ergebnis. Die verschiedenen Betreuerinnen und Betreuer, die sich um mich als Neue kümmerten, konnte ich nicht auseinanderhalten. Ihr Kramen im therapeutischen Repertoire erinnerte mich an die Suche nach einem Dosenöffner in einer vollgestopften Küchenschublade. Ich widersetzte mich nicht absichtlich ihren Bemühungen, sondern war es schlicht und einfach nicht gewohnt, im Zentrum von so viel Aufmerksamkeit zu stehen. Von den anderen Kindern und Teenagern hielt ich mich fern. Meine Tage verbrachte ich fast ausschließlich in meinem Zimmer. Ich las, schlief, starrte aus dem Fenster und gab mich unnützen Tagträumen hin. Doch vor allem vermisste ich Miranda.

Meine Haupttherapeutin, an die mich Svetlana erinnert, entpuppte sich als nette Person, die echt Anteil an mir nahm. Sie hatte rotes Wuschelhaar, ein mit Laubflecken übersätes freundliches Gesicht und eine angenehme, warme Stimme.

Sie gab nicht so leicht auf, wie ich schon bald feststellte. In unserer ersten gemeinsamen Sitzung blieb ich stumm. Sie liess sich durch meine Verstocktheit nicht beirren und holte eine Schachtel mit bunten Zeichenstiften hervor. Um sie nicht zu enttäuschen, griff ich nach einem schwarzen Stift und zeichnete einen Raben auf das grosse weisse Blatt Papier, das sie vor mich hingelegt hatte. Sie schaute mir zu, und als ich fertig war, fügte sie dem Bild einen braunen Regenwurm hinzu, der dem Raben beidseitig aus dem Schnabel hing. Als die Stunde um war, sass der Rabe auf einer dunkelgrünen Tanne neben einem Vogelnest, aus dem vier kleine gelbe Schnäbel ragten.

Mit der Zeit wurde ich mitteilsamer. Ich nickte, wenn es passte, schüttelte den Kopf, wenn etwas nicht passte, und begann, meine Zeichnungen mit kleinen Kommentaren zu versehen. Ein Bild hatte es meiner Therapeutin besonders angetan. Ich schenkte es ihr zum Abschied, obschon ich es missraten fand. Das lag daran, dass ich schon falsch angefangen hatte. Ich hatte zuerst die Umrisse eines Herzens aufs Blatt gezeichnet und dieses dann mit einem warmen dunklen Rot komplett ausgemalt. Das war ein Fehler. So konnte ich die Kralle aus Eis, die das Herz umschloss und fast zerdrückte, nicht mehr richtig darstellen. Das Problem dabei war, dass Eis durchsichtig ist und nicht rot. Also malte ich einen Pfeil, der aufs Herz zielte, und schrieb: *darum herum kalte Kralle aus Eis.* Auf die Überschrift *Einsamkeit* verzichtete ich. Allzu leicht wollte ich es der Therapeutin nicht machen, egal, wie nett sie war.

4

Gutes währt bekanntlich nicht ewig. Warum das so ist, leuchtet mir nicht ein, doch das Leben scheint es den verschiedensten Menschen immer wieder zu beweisen. Aber Gutes kann sogar noch besser werden. So wollte ich es zumindest sehen, als Max Teil meines Lebens wurde.

Dabei fing alles mit einer Peinlichkeit an, denn mein Mittwochs-Training endete in einem Slapstick. Meine Beine rutschten buchstäblich unter meinem Körper weg, als ich, schon leicht verspätet, schwungvoll Richtung Umkleide marschierte. Ich musste einen Moment lang benommen auf dem Boden gelegen haben. Als ich wieder zu mir kam mit null Ahnung, wo ich mich befand, blickte ich in ein paar strahlend blaue Augen – kein Glitzern, nur Besorgnis. Ich schloss die meinen sofort wieder und checkte meinen Körper. Ein bohrender Schmerz zog sich über meine linke Hüfte und endete irgendwo im Rücken. Mühsam setzte ich mich auf. Der Kerl mit den blauen Augen vergewisserte sich, dass mit mir alles in Ordnung war und half mir auf die Beine. Ich schnappte mein Badetuch und verschwand so schnell ich konnte in der Umkleide. Nicht auszudenken, was ich in meiner Ohnmacht alles von mir gegeben hatte. Und Mist, schon wieder war ich zu spät. Ich machte mich gefasst auf einen Rüffel von Rosa. Es war nicht das erste Mal, dass sie auf mich als ihre Ablöse warten musste. Und tatsächlich, als ich ziemlich ausser Atem und knappe zwanzig Minuten über der vereinbarten Zeit die Tür zum Kiosk aufstiess, empfing sie mich ungehalten.

»Aha, die Dame scheint ihre Uhr verloren zu haben.

Noch einmal, und ich melde dich, kapiert?«

Ich entschuldigte mich wortreich und schilderte ihr mein Malheur, was sie nicht weiter beeindruckte. Gröberes Geschütz musste aufgefahren werden, um sie zu besänftigen. Also griff ich nach dem grössten Schokoriegel, den wir verkaufen, und steckte ihn zusammen mit einem farblich dazu passenden Lolli in ein zusammengerolltes Magazin, auf dem eine dümmlich lächelnde bis auf die obligaten Blümchen an den entscheidenden Stellen nackte Brünette prangte. Mit einem eleganten Knicks überreichte ich Rosa mein Wiedergutmachungsgeschenk. Sie lachte und nahm mich kurz in den Arm.

»Nun muss ich aber. Der alte Keller war schon hier und hat nach dir gefragt. Von mir wollte er sich nicht bedienen lassen, der alte Knacker.«

Nach einer Woche nahmen die violett-blauen Flecken, die sich über meine linke Hüfte bis zum Rücken ausgedehnt hatten, einen bräunlichen Touch an. Ich verspürte keine Schmerzen mehr und konnte wieder schwimmen gehen. Rosa hatte sich anerboten, von nun an am Mittwoch auch noch die beiden Stunden über Mittag zu übernehmen. Ich hatte zwei Trainings ausfallen lassen müssen, doch diese erzwungene Pause hatte keine negativen Auswirkungen auf meine Geschwindigkeit, ganz im Gegenteil: ich legte die Strecke so schnell zurück wie noch nie. Als ich zum letzten Mal wendete, tauchte auf der Aussenbahn der Kopf meines Retters aus dem Wasser. Er wirkte leicht abgekämpft und hätte wohl nicht mit mir mithalten können. Da er noch etwas bei mir guthatte und ich nicht gerne in jemandes Schuld stehe, lud ich ihn auf einen Kaffee ein, den wir dann beide in eine Schokolade umwandelten. Er erzählte mir von seiner Arbeit bei einer Zeitung. Ich fand ihn nett. Damit meine ich sympathisch. Nicht langweilig-nett. Aber auch nicht besonders interessant. Immerhin war er gutaussehend und ich würde nun nach dem Schwimmen am Mittwoch jemanden haben, mit dem ich eine Schokolade trinken gehen konnte. So schliesse ich mein Training am liebsten ab, mit einer kleinen Belohnung, die ich mir verdient habe.

Dass Max einmal mehr für mich werden könnte als ein willkommener Unterhalter, kam mir nicht in den Sinn. Was Männerbekanntschaften anging, wollte ich ohnehin zurückhaltender sein. Noch immer spukte Gabriel weniger in meinem Kopf als in anderen Körperregionen herum. Seltener als auch schon zwar, aber überwunden hatte ich ihn nicht. Eher aus Gewohnheit denn aus echtem Interesse beschloss ich, Max auf den Zahn zu fühlen. Und entdeckte ein kaum wahrnehmbares Glitzern in seinen Augen, das durchaus Potenzial hat. Dieses Glitzern stand in offensichtlichem Widerspruch zu dem, was er nur mit Mühe hervorbrachte. Es ging um einen Frosch oder eine Kröte, die er als Kind gequält hatte. Seine kindliche Grausamkeit gehe ihm noch heute nach, wie er sagte. Aber er war dazu fähig gewesen. Und ich weiss: was einmal da war, bleibt. Und köchele es auch auf kleinem Feuer.

Ich lud Max zu einem Blues-Konzert ein. Die Musik war toll und Max wie erwartet ein angenehmer Begleiter. Endlich fühlte ich mich wieder leicht und lebendig. Max hingegen wurde am Tag danach krank. Eine Erkältung, nichts Schlimmes, aber unangenehm. In diesem Zustand führte ich ihn Svetlana vor. Ihr Urteil war mir wichtig. Max ahnte nicht, dass wir beide uns kannten. Ich gab vor, auf die Toilette zu müssen, und zwinkerte Svetlana zu. Sie verstand sofort.

»Das wär' doch was für dich, Lilith. Auf mich macht er einen guten Eindruck. Seriös, aber nicht verknorzt. Ehrlich. Er würde dir guttun. Und vor allem, Lilith, er ist schwer in dich verliebt.«

Als ich wieder zu Max zurückkehrte, versprach ich mir, uns eine Chance zu geben. Und Max noch ein bisschen zu testen. Ich kritzelte auf eine Papierserviette den Namen der Bushaltestelle in unmittelbarer Nähe meiner Wohnung und die Uhrzeit, zu der er sich am nächsten Tag dort einfinden sollte. So blieb mir noch genügend Zeit, alle Spuren von Gabriel aus meiner Wohnung zu tilgen.

5

Ich wohne in einem Einzimmerstudio unter dem Dach. Nichts Besonderes und bei Tageslicht eher schäbig. Im Sommer ist es meist zu heiss und im Winter trotz des Gasofens zu kühl, um darin lange still zu sitzen ohne zu frieren. Trotzdem mag ich meine Wohnung. Sie gehört mir allein, in ihr kann ich tun und lassen, was ich will.

Auf einem kurzen Rundgang sammelte ich alles ein, was mit Gabriel zu tun hatte. Ich entfernte seine Zahnbürste und sein Aftershave aus dem Badezimmer, steckte ein t-Shirt in den Wäschekorb, nicht ohne vorher noch einmal daran zu riechen, wie ich gestehen muss, liess ein Automatenbild aus besseren Tagen, auf dem Gabriel besitzergreifend einen Arm um meine Schulter gelegt hat und mich küsst, in einer Schublade verschwinden, schaute sogar noch unters Bett, wo ich tatsächlich eine schwarze Männerunterhose entdeckte, die im Mülleimer landete. Nur von einem einzigen Stück mochte ich mich nicht trennen: von Gabriels blauem Hemd. Ich hängte es auf einen Bügel, den ich zwischen meinen eigenen Kleidern einreihte. Diese Säuberungsaktion ging mir näher als ich gedacht hatte und ich zweifelte, ob es eine gute Idee gewesen war, Max einzuladen. Auf der anderen Seite wollte ich möglichst rasch herausfinden, ob er zu mir passte, ob das schwache Glitzern in seinen Augen das Potenzial hatte, so stark zu werden, wie ich es brauchte, um einen Mann lieben zu können.

Ich hatte vorgehabt, Max an der Bushaltestelle abzuholen. Doch als ich den Strauss roter Rosen entsorgen wollte, den mir ein Kunde aufgenötigt hatte, kam mir eine bessere Idee. Max sollte den Weg zu mir selber finden. Also streute ich eine Fährte aus den schon leicht angetrockneten Rosenblättern von der Bushaltestelle bis zu meiner Wohnungstür. So konnte ich auch bestimmen, wie er mich vorfinden sollte. Ein bisschen Schauspiel musste sein. Im Estrich fand ich eine Schachtel mit weissen Kerzen. Ich verteilte sie überall im Raum und zündete sie an. Das warme Kerzenlicht übertünchte die Schäbigkeit meiner Behausung, ja, es gab ihr einen festlichen Anstrich, der sogar mich beeindruckte. Ich duschte, dann stand ich einen Moment lang ratlos vor dem offenen Kleiderschrank. Rock oder Hose? Elegant, leger oder sexy? Und plötzlich wusste ich es. Nichts von alledem. Sondern nackt. Sobald ich hörte, wie Max die Haustür öffnete, schlüpfte ich aus dem warmen Bademantel und legte mich aufs Bett. Meine inzwischen gelb-braunen Blessuren deckte ich mit einem roten Schal zu, schliesslich sollte sich Max nicht vor mir ekeln. Als seine Schritte auf dem obersten Treppenabsatz ertönten, schloss ich die Augen und stellte mich schlafend.

Dass Max auf Anhieb und erst noch ohne Worte verstand, wonach ich mich sehnte, überraschte mich. Nachdem er sich, ganz leise, dem Bett genähert hatte, blieb er einen Moment lang stehen. Dann setzte er sich auf die Bettkante, sehr vorsichtig, um mich nicht zu wecken. Die Schauspielerei steckt mir im Blut, und so war es ganz einfach, ihn zu täuschen. Ich atmete ruhig und tief, während mein Puls ein ganz anderes Tempo anschlug. Jeder normale Mann hätte nun versucht, mich wach zu küssen wie der Prinz sein Dornröschen. Nicht so Max. Zwar beugte auch er sich über mich, wie ich an seinem Atem feststellen konnte, der nun wie ein Hauch über meine Wange strich, doch anstatt meinen Mund zu suchen, tat er etwas anderes: er kippte die Kerze, die er in der Hand hielt, so dass sich ein Strom von heissem Wachs über meine Brust ergoss. Der Schmerz umhüllte mich, floss warm durch meine Adern und liess mich lebendig und zugleich wundersam geborgen fühlen. Ich hatte recht gehabt: Max besitzt das Potenzial, mich glücklich zu machen.

»Ich wusste, du würdest es kapieren«, flüsterte ich und

schmiegte mich an ihn.

»War ja auch nicht schwer«, antwortete er zu meiner Verblüffung.

Und da wusste ich, dass er der Richtige war. »Nie, nie mehr will ich dich gehen lassen«, schwor ich mir und schlief erlöst und überglücklich in seinen Armen ein.

6

Ich konnte es kaum erwarten, Caroline von Max zu erzählen, und fuhr gleich am nächsten Tag zu ihr. Caroline wohnt in einem verschlafenen Nest. »Stinklangweilig, doch genau das Richtige, um nicht wieder den Verlockungen der Stadt zu erliegen«, hatte sie mir nach ihrem Umzug erklärt. Caroline, die Vernünftige. Ihrer verrückten Seite erlaubt sie nur noch selten, zum Vorschein zu kommen. Doch ich weiss, wie ich sie kitzeln kann.

Als ich auf Carolines klappriges Häuschen am Dorfrand zuging, bog sie gerade um die Ecke, unter dem Arm ein bis zum Rand mit Eiern gefülltes Becken. Carolines noch junge Liebe zum Landleben war mir nicht geheuer. Doch sie sah glücklich aus, auch wenn die gesunde Landluft nicht alle Spuren ihres Lebens auf der schiefen Bahn hatte wegwischen können. Aus ihren brauen Augen blickte immer noch der alte Schabernack, doch drum herum hatte es für ihr Alter zu viele Fältchen. Caroline war so klug gewesen, einen Teil ihres auf nicht ganz jugendfreiem Weg erworbenen Geldes zu sparen. So hatte sie sich ihr kleines Refugium leisten können. Caroline steckte in einem unförmigen Pullover aus naturbelassener Wolle, die bestimmt auf der Haut kratzte. Ihr dunkelblondes Haar hatte sie zu einem unordentlichen Zopf geflochten. Dass sie ihn nicht auch noch kranzförmig auf ihren Kopf gesteckt hatte, rechnete ich ihr hoch an. Das missratene Tattoo am Handgelenk passte besser zu der Caroline, die mir vertraut war. Sie hatte mehrmals daran gedacht, es weglasern zu lassen, wohl einer der wenigen Vorsätze, die sie nicht in die Tat umgesetzt hat.

Wir führten unser Begrüssungsritual aus, den Heimkindergruss, wie wir ihn nannten, der mit einem zweimaligen Klopfen auf die eigene Brust endete und begleitet wurde von einem lauten »Respect«. Anschliessend umarmten wir uns, was vom Ritual abwich und unter den Heimkindern verpönt war.

Bei der Einrichtung ihres Häuschens war Caroline von ihrer Linie abgewichen, wie ich mit Erleichterung feststellte. Kein mit Blumen bemalter Holzschrank, keine hölzerne Bettstatt, aus der aufgeplusterte Kissen in rot-weiss karierter Bettwäsche ragten, sondern alles schlicht und funktional in dezenten Farbtönen. Wir setzten uns an den Küchentisch, der leer war bis auf ein futuristisch anmutendes Gebilde aus Eisen, auf dem vier Kerzen steckten. Caroline zündete zwei davon an und goss uns Kaffee ein.

»Nun schiess los!« Ohne langes Vorgeplänkel. Auch dafür liebe ich Caroline.

Und so erzählte ich von Max. Ich begann mit unserem unsanften ersten Zusammentreffen im Hallenbad und endete mit dem Moment, in dem mir klar wurde, dass ich mit Max das grosse Los gezogen hatte. Caroline hörte zu und säuberte dabei die Eier. Jedes einzelne nahm sie in die Hand, befreite es, wenn nötig, vom daran klebenden Hühnermist und legte es sorgfältig auf ein weiches Tuch, das sie auf den Tisch gelegt hatte, damit die Eier nicht davon rollten. Als sie damit fertig war, drückte sie jedem einen winzigen Stempel auf und füllte je sechs Eier in einen Karton. Als ich meinen Monolog beendet hatte, stapelten sich fünf Kartons auf dem Tisch, auf allen stand in grossen Buchstaben *Schweizer Freilandeier*, darunter, etwas kleiner, Carolines Name und Adresse sowie Verkaufs- und Verbrauchsdatum.

»Lil, ich gönne dir sämtliches Glück der Welt, das weisst du. Max scheint ein echtes Kontrastprogramm zu diesem unsäglichen Gabriel zu sein, dem du nachgelaufen bist wie ein junges Hündchen, und je schlechter er dich behandelte, desto anhänglicher wurdest du. Und nun kommt da dieser anständige Max daher, von dem du behauptest, dass er sich auf Knopfdruck von einem Dr. Jekyll in einen Mr. Hyde verwandelt und dann wieder zurück in den netten Max. Du glaubst, etwas gefunden zu haben, was es gar nicht gibt.«

So viel ich sonst von Carolines Meinung halte: hier hatte sie sich getäuscht. Menschen haben ganz unterschiedliche Facetten, sind sozusagen Widersprüche auf zwei Beinen. War Caroline nicht das beste Beispiel dafür? Weshalb sollte Max da anders sein?

»Du kennst ihn noch nicht. Wart's ab, du wirst mir Recht geben. Ich weiss, zu schön um wahr zu sein, doch glaub mir, dieses Mal klappt es.« Ich versuchte, mir meine leichte Verärgerung nicht anmerken zu lassen.

Am Nachmittag führte mich Caroline durchs Dorf und zeigte mir die Orte, an denen sie sich besonders gerne aufhält: die Bank neben der Kirche mit Blick über die nun verschneite Landschaft und den Teich, in den ein kleiner Bach fliesst und in dem Caroline im Sommer badet.

»Lil, pass auf dich auf. Und halt' mich auf dem Laufenden.« Wir umarmten uns zum Abschied, und als sich der Zug in Bewegung setzte, stand Caroline auf dem Bahnsteig und winkte. Erst als wir um eine Kurve bogen, entschwand sie aus meinem Blickfeld.

7

Es gibt Dinge, die lassen sich nicht so einfach erklären. Vor allem Dinge, die der Vernunft widersprechen. Carolines Bemerkung zu meinem Verhalten gegenüber Gabriel hatte mich gekränkt. Von aussen betrachtet hatte sie nicht einmal Unrecht, wie ich zugeben muss. Doch Caroline hat nie verstanden, was für mich in der Beziehung zu Gabriel das Wesentliche war: das Danach. Wenn er behutsam kühlende Salbe auf die wunden Stellen auftrug und mit sanfter Stimme fragte: »Tut's noch weh?« Bevor ich einschlief, deckte er mich sorgfältig zu und achtete darauf, dass das Fenster einen Spalt breit offen stand, genau so, wie ich es mag. Caroline interessierte nur das Davor: der Griff ihrer Freier zur Gesässtasche und das Rascheln von Geldscheinen. Wenn Caroline wieder einmal aus dem Heim verschwunden war, genügte ein Blick in unseren gemeinsamen Kleiderschrank, um zu wissen, wo sie sich herumtrieb. Fehlten die billigen Overknee-Stiefel, suchte ich sie in der Umgebung des Parks nahe beim Bahnhof, waren die Stiefel da, fand ich sie meistens am Flussufer sitzend, lesend oder mit einem Pinsel in der Hand. Caroline bevorzugte Lektüre mit einschlägigen Titeln: *Wie angle ich mir einen Millionär?* Oder: *Über Nacht reich werden.* Bei einem verordneten Sonntagsausflug in eine Gemäldegalerie zeigte sich Caroline zuerst enttäuscht. »Das soll Kunst sein?« Nach einem Blick auf die Preisschilder wurde sie nachdenklich und fing an zu rechnen. Von da an war sie oft im Malatelier anzutreffen. Über ihr Talent machte sie sich keine Illusionen. Ihre Zeichenkünste waren auf der Stufe der Strichmännchen steckengeblieben. Das hinderte sie nicht daran, mit Ausdauer grossflächige Leinwände mit dicken Farbschichten zuzukleistern und, sobald kein Weiss mehr sichtbar war, mit einer schwungvollen Unterschrift zu versehen.

Ich bewunderte Caroline. Sie hatte ein Ziel vor Augen und einen Massstab, der ihr zuverlässig und in exakten Ziffern anzeigte, wie weit sie auf ihrem Weg schon gekommen war. Mir hingegen fehlte ein solcher Kompass, meine Orientierungspunkte wechselten von Tag zu Tag. Den strengen Regeln des Heimlebens verdanke ich es, dass ich die Pubertät einigermassen heil überstanden habe. Klar, meine Tat quälte mich, doch nicht so, wie es von mir erwartet wurde. Statt an Schuldgefühlen litt ich darunter, dass sie missglückt war.

8

Nun kannte ich Max schon einen Monat, und unsere Beziehung war immer noch keusch, abgesehen von ein paar Küssen, die mich neugierig auf das erste Mal werden liessen, von dem ich mir allerdings nicht allzu viel versprach. Ich hatte es mir zur Regel gemacht, einen Mann und seine Qualitäten als Liebhaber nicht schon nach der ersten Nacht zu beurteilen. Zu viel Fremdes, Unvertrautes, Nervosität auf beiden Seiten, zu gross der Druck, gefallen zu müssen. Als Max den ersten Schritt in die gewünschte Richtung tat, griff ich in die Trickkiste der angehenden Schauspielerin und spielte ihm eine Leidenschaft vor, die ich nicht empfand. Doch der Zweck heiligt bekanntlich die Mittel. Max wirkte zuerst noch etwas unsicher, doch ermutigt durch meine scheinbare Hingabe an unser Tun wurde er immer forscher, verwendete viel Zeit auf das Vorspiel, erkundete meinen Körper ausgiebig, und als er gekommen war, nahm er mich in seine Arme und flüsterte mir ins Ohr, dass er mich liebe. Wie viel Liebesgeständnisse in diesem Moment wert sind, wusste ich, doch Max nahm ich sie ab. Der erste Schritt war getan. Nun war meine Regie gefragt.

Nur einmal besuchte ich Max in seinem Hotelzimmer. Ich fand es eng und unpersönlich. Ausser einem Stapel Bücher, den er neben einem altmodischen Ohrensessel aufgetürmt hatte, liess der Raum keine Rückschlüsse auf seinen Bewohner zu. Nicht einmal im Badezimmer fand ich unverkennbare Spuren von Max. Deodorant und Rasierwasser waren billige Dutzendware aus dem Supermarkt, Düfte, die einem in jeder beliebigen Gasse entgegenwehen.

Es brauchte keine Überredungskünste, Max dazu zu bringen, meine Wohnung als unseren Ort zu betrachten. Wir entwickelten Gewohnheiten. So machten wir uns einen Spass daraus, aus zusammengewürfelten Esswaren gemeinsam etwas zu kochen. Was auf dem Teller landete, war oft kaum geniessbar, so dass ich dazu überging, unsere Mahlzeiten selber zuzubereiten. Schliesslich hatte ich mit Max noch einiges vor, und unsere gemeinsame Zeit war mir zu schade, um sie an Kochexperimente mit ungewissem Ausgang zu verschwenden.

Einen Tag vor Weihnachten wagte ich den nächsten Schritt. Ich hatte, ungeachtet meiner beschränkten finanziellen Mittel, eine Flasche guten Wein besorgt und ein auserlesenes Stück Fleisch. Der Abend sollte etwas Besonderes werden. Max würde sein erstes Geschenk erhalten: ein paar Handschellen, verpackt in schwarz-goldenes Papier. Nun würde sich zeigen, ob Caroline richtig lag mit ihrer Einschätzung von Max oder ich mit meiner.

Als Max sein Geschenk auspackte, stiess er einen anerkennenden Laut aus. Also lag ich richtig. Und setzte mich sogleich auf Max' Schoss.

»Lass uns zuerst essen«, flüsterte er in mein Ohr. Seine Vorfreude war unverkennbar. Die Spannung zwischen uns wuchs mit jedem Bissen, jedem Schluck. Als ich Max meine Hände hinstreckte, wusste er sofort, was zu tun war.

9

Von mir aus könnte Weihnachten aus dem Kalender gestrichen werden. Das Fest an sich ist das eine. Mindestens so sehr auf die Nerven geht mir die obligate Fragerei. Trefft ihr euch auch bei den Eltern? Hast du schon Geschenke eingekauft? Stillschweigend wird davon ausgegangen, dass ich Weihnachten im trauten Kreis meiner Familie verbringe. Mit der Zeit habe ich mir eine Auswahl an Antworten zurechtgelegt, die ich je nach Person variiere. Besonders bewährt hat sich die Behauptung, Muslima zu sein. Das schafft eine Distanz über die heiligen Tage hinaus.

Auch eine Familie, die nicht mehr da ist, existiert. Gerade weil sie fehlt. Und du sie vermisst. Vielleicht nicht genau die Menschen, die sie einmal ausmachten. Aber einen Vater, der dir in schwierigen Momenten sagt: »Mädchen, es wird schon wieder! Weisst du noch, wie du damals, als deine Katze verschwunden war, an jeder Haustür geklingelt und nicht aufgegeben hast, bis du sie wieder gefunden hattest? Du bist stark. Aber lass dir Zeit. Wunden heilen langsam.« Oder eine Mutter, die dich in den Arm nimmt, dir zuhört ohne zu urteilen und dir deine Lieblingsspeise auftischt, die du schon lange nicht mehr magst, nur um dir eine Freude zu bereiten.

Eigentlich besteht meine Familie nur noch aus Onkel Franz, seiner Frau Elsbeth und den beiden Cousins. Onkel Franz ist der einzige der ganzen Sippe, der sich nicht von mir abgewendet hat. Vielleicht liegt es daran, dass ich ihn regelmässig mit Briefen eindeckte, als ich gerade mal fünf Jahre alt war. Gekritzel, in dem er wohl ein heranwachsendes Genie zu erkennen glaubte. Postwendend belohnte er jeden Brief mit einer Tafel Schokolade. Seine Zuneigung zu mir hat sich erhalten, auch wenn aus dem Genie nichts geworden ist.

Auch Max ist davon ausgegangen, dass ich meine Eltern besuche. Beim Abschiedskuss blitzte in seinen Augen die Vorfreude auf ein paar Tage für sich ganz allein. Max hat nur noch eine Schwester, die in Australien lebt mit ihrem zahmen Dingo. Ob sie Familie hat, weiss ich nicht. Aber der Dingo ist mir geblieben. Ich stelle mir vor, wie sie ihn sich unterworfen hat. Anders lässt sich ein Raubtier nicht zähmen. Um ehrlich zu sein, interessierte mich der Dingo mehr als die Schwester. Seine Eltern hat Max schon früh verloren. Ich habe nie nach-gefragt, wann und unter welchen Umständen sie gestorben sind. Das hätte unweigerlich Gegenfragen zu meiner Familie nach sich gezogen.

Genau genommen sind es nur zehn Tage, die Menschen wie ich mit einem löchrigen sozialen Netz überstehen müs-sen, bis sie aufatmen können und alles wieder seinen ge-wohnten Gang nimmt. Am liebsten hätte ich mich über die Feiertage irgendwo in christlichem Feindesland in den heis-sen Sand gelegt, das Rauschen des Meeres im Ohr. Doch das konnte ich mir nicht leisten. Und ich hätte Onkel Franz ent-täuscht. Er liess nicht locker, bis ich zusagte, Weihnachten mit ihm und seiner Familie zu verbringen. Obschon es mir wider-strebt, mit zufällig mir verwandten Menschen eine tote Tanne zu bestaunen und mit kläglichem Gesang der Geburt eines Erretters zu gedenken, der mich bis jetzt übersehen hat.

Das Fest war dann eine Überraschung. Weder Tanne noch Gesang. Tante Elsbeth begrüsste mich mit umgebundener Schürze und vom Hantieren in der Küche geröteten Wangen. Onkel Franz drückte mir, kaum hatte ich meine Mantel abgelegt, einen Drink in die Hand. Die beiden erwachsenen Cousins waren mit ihren bildhübschen Freundinnen zugegen, die eine blond, die andere dunkel. Ich setzte mich zu ihnen auf die ausladende Couch. Sogleich entspannte sich eine lebhafte Diskussion über den günstigsten Netz-Anbieter, die angesagtesten Handy-Modelle und die zu erwartenden Segnungen von 5G. Schnell war mir klar, dass ich da nicht mithalten konnte. Ich versuchte, das Gespräch auf mir bekanntes Terrain zu lenken.

»Wie läuft's denn so mit deinem Geschäft?«, fragte ich den älteren Cousin. Das letzte Mal, als ich ihn gesehen hatte, war von nichts anderem die Rede gewesen.

»Pleite«, erwiderte er knapp und zückte sein Gerät.

Eine friedliche Stille legte sich über die vier, als sie sich mit gesenkten Häuptern – einmal blond, einmal dunkel und zweimal braun – in Aktivitäten vertieften, die mir verborgen blieben. Also beschloss ich, mich in der Küche nützlich zu machen. Tante Elsbeth war gerade dabei, den auf kleinen Tellern angerichteten und schon ein wenig schlaffen Salat mit je einer Kirschtomate aufzupeppen. Sie wischte den Rand jedes Tellers mit ihrer Schürze sauber und drückt mir zwei davon in die Hände.

»Es geht ihm nicht gut. Nur dass du es weisst.«

Es war klar, von wem sie sprach. Doch mein Vater existiert für mich nicht mehr. Ich will nicht wissen, wie es ihm geht.

Ich muss etwa fünf Jahre alt gewesen sein, als mich die Erkenntnis traf, dass die einzige Person, auf die wirklich Verlass ist, ich selber bin. Diese Einsicht erschütterte mich und erforderte Mut, denn auch auf Zehenspitzen reichte ich meinem Vater nur knapp bis zum Bauchnabel. Damals hatte ich die Hoffnung auf Familienglück noch nicht ganz aufgegeben. Wie dieses Glück auszusehen hatte, wusste ich sehr genau. Jeden Tag wurde es mir vorgeführt. Sobald es dunkel und ich allein in meinem Zimmer war, löschte ich das Licht, so dass ich selber nicht zu erkennen war, schob den Vorhang zur Seite und setzte mich ans Fenster. Das Nachbarhaus – ein moderner Bau aus Beton und Glas – war die Bühne für ein Schauspiel, an dem ich mich nicht sattsehen konnte. Mit der Zeit konnte ich die verschiedenen Akte unterscheiden. Gelang es mir, sehr früh in mein Zimmer zu entwischen, konnte ich schon am ersten teilhaben: Heimkehr des Vaters von der Arbeit. Von meinem Beobachtungsposten aus hatte ich die Haustür nicht im Blick, doch das Verhalten der übrigen Familienmitglieder liess auf dieses Ereignis schliessen. Die Mutter und Ehefrau tauchte aus der Küche auf, netzte – noch ausser Sichtweite ihres Angetrauten – ihre beiden Zeigefinger mit Spucke und glättete damit ihre Augenbrauen. Dieses Detail verblüffte mich jedes Mal aufs neue. Die beiden Kinder, ein Junge von vielleicht sechs Jahren und ein etwas jüngeres Mädchen, unterbrachen ihre wie auch immer gearteten Tätigkeiten und stürzten ihrem Vater entgegen. Besonders angetan hatte es mir der Begrüssungskuss des Paars, der etwa in der Mitte des Flurs ausgetauscht wurde und nicht ein einziges Mal ausfiel in der ganzen Zeit, in der ich die Familie beobachtete. Dann zogen die Kinder ihren Vater in den Wohnraum. Manchmal kniete sich der Vater zu den beiden auf den Boden, auf dem allerlei Spielzeug herumlag, und liess sich in ihr Spiel einbinden. Einmal kroch er auf allen Vieren herum und spielte zuerst für das Mädchen, dann für den Jungen Pferd. War das Essen schon zubereitet, wurde dieser Akt nach hinten verschoben und die Familie setzte sich gleich zu Tisch. Alle hatten ihren festen Platz. Die Mutter sass auf der Stirnseite gleich neben der Küche, die beiden Kinder mir zugewandt auf einer Bank an der Wand gegenüber dem Vater, von dem ich nur den Rücken sah. Trotzdem konnte ich erkennen, dass er sich am Tischgespräch beteiligte, den Kindern ihr Essen auf den Teller schöpfte und immer wieder seine Frau anblickte. Gerne hätte ich mitgehört, worüber sie redeten. Es erstaunte mich, wie artig sich die Kinder verhielten. Kein Knuffen, kein Geschrei, stattdessen lachten sie oft und trugen nach der Mahlzeit sogar ihre Teller in die Küche. Am besten gefiel mir der letzte Akt, der mein Bild vom trauten Familienglück am nachhaltigsten prägte und täglich leicht variierte. So konnte es sein, dass der Vater am Computer sass, während die Mutter ihren Kindern eine Geschichte vorlas. Oder die Kleinen guckten sich die Gutenachtgeschichte im Fernseher an, während es sich die Eltern mit einer Tasse Kaffee gemütlich machten und sich über ihren Tag austauschten. Den verschiedenen Varianten war gemeinsam, dass sie eine mir unbekannte Harmonie ausstrahlten.

Manchmal fragte ich mich, wie es wohl wäre, nur ein

paar Meter weiter weg zu leben, bei dieser Familie. Solche Gedanken konnte ich mir eigentlich nicht leisten, denn sie machten mich traurig und kraftlos. Doch hin und wieder gönnte ich sie mir. Ich sah mich mitten in dieser glücklichen Familie, an den Vater gekuschelt auf dem Sofa, dann wieder mit Schwester und Bruder herumtollen. Doch ich war allein in meinem dunklen Zimmer und wusste, dass sich nie etwas ändern würde bis ich gross wäre. Und bis dahin würde es noch viele unendlich lange einsame Jahre dauern.

So dachte ich. Und irrte mich. Denn der glücklichste Tag in meinem bisherigen Leben ereignete sich in meiner Kindheit. Es war der Tag, an dem meine Mutter mit Miranda vom Spital heim kam. Ich hatte schulfrei und hatte es mir gerade mit einer Tüte Chips vor dem Fernseher gemütlich gemacht, da stand meine Mutter plötzlich mitten im Zimmer, in der einen Hand die Babytasche, in der anderen ihren Koffer. Ich liess die Tüte fallen, rannte auf sie zu und umarmte sie, noch bevor ich in die Babytasche guckte. Was ich dann darin erblickte, übertraf all meine Erwartungen. Ein kleines Wesen, unendlich süss, nuckelte mit geschlossenen Äuglein an einem winzigen Fäustchen.

»Darf ich?«, fragte ich meine Mutter, und sie nickte. Ich beugte mich über mein neues Schwesterchen, sog seinen unvergleichlichen Babyduft ein und drückte behutsam einen Kuss auf das zarte Bäckchen. Und in diesem Moment erkannte ich meine Aufgabe. »Ich werde dich immer beschützen«, flüsterte ich so leise, dass es meine Mutter nicht hören konnte. Die Verantwortung für dieses hilflose und doch so vollkommene Menschlein legte sich auf meine Schultern wie ein schwerer Wintermantel, den ich nie mehr würde ausziehen können.

11

Eltern machen naturgemäss vieles falsch. Meine haben schon früh damit begonnen. So bin ich das Ergebnis einer lauen Mainacht. Das bedeutet: Geburtstagseinladungen mit dick verpackten hustenden Kindern. Meine Mutter bemühte sich. Doch auch Süssigkeiten *à discretion* konnten nicht verhindern, dass ich in der Beliebtheitsskala ständig abrutschte, bis ich die Einladungen ganz sein liess. Mein spezieller Name machte meine Ausgrenzung vollkommen. Die durch Frühenglisch verdorbenen Kinder waren nicht besonders nett. »Lilith, bill it, kill it!«, schrieen sie und warfen sich auf mich.

Mein Zufluchtsort war der Bahnhof. Oft setzte ich mich mit einer Cola auf eine Bank und beobachtete das nicht aufhören wollende Kommen und Gehen. Hastige Abschiede, andere, die schwer fielen, strahlende Gesichter, sobald der oder die Liebste aus der Menge auftauchte, innige Umarmungen – all das entschädigte mich für meine Einsamkeit und liess mich für einem Moment den Schatten vergessen, der schwer auf meiner Kinderseele lastete.

Beim ersten Mal muss es sich um ein Missverständnis gehandelt haben. Ich kniete auf dem Boden und war gerade dabei, meine Briefmarken zu sortieren, die ich von meinem Grossvater erhalten hatte. Lauter besondere Stücke, einige davon schon etwas blass. Um die kleinen Zähnchen nicht zu verletzen, hob ich die Marken vorsichtig mit einer Pinzette auf, die ich aus dem Badezimmerschrank geholt hatte. Ich legte die Marken säuberlich in Reih und Glied vor mich hin. Meine Mutter war einkaufen gegangen und hatte mir versprochen, Popcorn zu kaufen. Da ging plötzlich die Türe auf und mein Vater baute sich in voller Grösse vor mir auf. Zornig herrschte er mich an.

»Setz dich!«

Ich stolperte zum einzigen Stuhl in meinem Zimmer.

»Die Hände auf den Rücken! Aber ein bisschen plötzlich!« Er trat hinter mich und band mit einer groben Schnur meine Unterarme an der Stuhllehne fest.

»Andere Väter haben es nicht so schwer wie ich mit dir. Das macht mich traurig und wütend. Deine Lügereien rauben mir den Schlaf. Schon wieder fehlt Geld in der Haushaltkasse, das nur du genommen haben kannst. Streitest du es etwa ab?«

Ich nickte, da ich das Geld nicht genommen hatte.

»Siehst du? Störrisch und verlogen.« Eine erste Ohrfeige sauste auf meine linke Wange und liess meinen Kopf zur Seite knicken.

»Womit habe ich das bloss verdient?« Eine zweite Ohrfeige, noch etwas heftiger als die erste. Eine heisse Woge durchflutete mich, spülte alle Angst hinweg und hüllte mich in einen schützenden Kokon. Mein Vater atmete heftig, fast verspürte ich Mitleid mit ihm. Ein so kleines Mädchen, wie ich eines war, vermochte diesen grossen und starken Mann derart aus dem Gleichgewicht zu bringen? Und wie genau er es mit der Wahrheit nahm und konnte sie doch nicht erkennen, wenn er sie vor sich hatte!

Zunächst versuchte ich zu vermeiden, allein mit meinem Vater daheim zu sein. Doch er sorgte dafür, dass ich ihm nicht entkam. An einem ganz bestimmten Glitzern in seinen Augen konnte ich jeweils erkennen, dass ich bald dran wäre. Um meine Mutter aus dem Haus zu haben, schickte er sie jeweils unter einem Vorwand einkaufen. Dabei war er ziemlich kreativ. Die Milch sei sauer, er habe eine unaufschiebbare und unbändige Lust auf ein knusprig gebratenes Stück Fleisch oder auf Brauselimonade, die gerade im Kühlschrank fehlte. Meine eilfertige Mutter liess sich solches nicht zwei Mal sagen. Ohne Murren packte sie mit entschlossenem Griff den geflochtenen Einkaufskorb und machte sich auf den Weg. Dann wusste ich, was mir bevor stand. Kaum war die Haustüre hinter ihr ins Schloss gefallen, stand er schon in meinem Zimmer. Am Anfang schlug er mich stets unter einem Vorwand, egal wie nichtig. Mal war er nicht zufrieden mit der Ordnung in meinem Zimmer, dann warf er mir vor, zu spät am Tisch erschienen zu sein oder irgendetwas gestohlen zu haben. Mit der Zeit gab er sich keine Mühe mehr, einen Grund für sein Tun anzugeben. Es genügte, dass ich war, wie ich eben war. Schon das allein verdiente Strafe. Mit der Zeit ging er dazu über, mich regelmässig und stets nach dem gleichen Ritual zu züchtigen. Ich gewöhnte ich mich an seine Schläge, ja lernte sogar, den Schmerz zu lieben, wie er heiss durch mich hindurch strömte und mich lebendig fühlen liess. Es war mein Vater, der im Unrecht war, nicht ich. Daran zweifelte ich nie. Eigentlich strafte er nicht mich, sondern sich selber. Und ich hatte die Macht, ihn so weit zu bringen. Ich war noch so klein und er so gross. Und so schwach.

Wie viel meine Mutter ahnte, weiss ich nicht. Ich habe nie mir ihr darüber gesprochen. Kam sie von ihren Einkäufen nach Hause, war alles so, wie es sein sollte: die kleine Lilith spielte zufrieden in ihrem Zimmer, ihr Ehemann täuschte Beschäftigung vor und sah kaum auf, wenn sie ins Zimmer trat. Die roten Streifen auf meinen Unterarmen verbarg ich so gut ich konnte. Ich wünschte mir Frieden und steuerte, so klein ich auch war, das Meinige dazu bei. Die nächtlichen Streitereien meiner Eltern genügten mir.

Und selten, da war Vater ganz anders. Einmal, als ich die von alten Briefumschlägen frisch abgelösten Marken zum Trocknen auf dem grossen Esstisch auslegte, schaute er mir zu. Drei Tage später – es war weder mein Geburtstag noch Weihnachten – kam er in mein Zimmer mit einer Papiertüte. »Für dich«, sagte er nur, und gab sie mir. Ich schaute hinein. Da waren lauter aus Umschlägen ausgeschnittene Briefmarken drin, die meisten hatte ich noch nie gesehen. Er sah meine Freude – und lächelte.

12

Heute weiss ich, dass man mir helfen und meiner Tat etwas von ihrer Schrecklichkeit nehmen wollte.

»Und als du gesehen hast, wie dein Vater deine Schwester am Arm packte, da bist du in die Küche gegangen und hast das Messer geholt?«

»Nein, so war's nicht. Ich hatte das Messer schon bei mir.

Ich habe drei Tage gewartet. Immer mit dem Messer dabei. Bis es so weit war.«

Eine Vierzehnjährige, die vorsätzlich ihren Vater mit einem Messer attackiert. Mich erstaunt immer noch, wie einfach es war, wie mühelos das Messer tief in sein Fleisch drang. Ich hatte Glück. Damals sah ich das nicht so. Der Stich verfehlte das Herz nur knapp. Doch ich hatte meinen Vater töten wollen. Nicht für mich. Für meine Schwester. Sie sollte eine Kindheit haben, an die sie sich gerne erinnern würde. Sagte ich mir. Denn zumindest das hatte ich von meinem Vater gelernt: jede Lebenslüge braucht einen guten Vorwand. Bei mir war es der Vorwand, Miranda schützen zu wollen. Heute bin ich ehrlicher zu mir selber. Es setzte mir zu, dass sich Vaters Blick, sobald sich das Glitzern in seinen Augen bemerkbar machte, nun auf Miranda richtete. Nicht mehr auf mich.

Wenn es etwas gibt, das mich so richtig traurig macht, dann sind es die Gedanken an meine Schwester. Sie ist zu einer wunderschönen Frau herangewachsen. Während sich das Blond der Kinderlocken bei den meisten Menschen in ein nichtssagendes Mausbraun verwandelt, hat sie ihre goldene Lockenpracht behalten. Und egal, wie sie ihr Haar traktiert, es ist ein Hingucker. Doch nicht nur deswegen zieht Miranda die Blicke auf sich. Wenn sie einen Raum betritt, drehen sich die Köpfe ganz automatisch in ihre Richtung. Sie strahlt eine Unbesiegbarkeit aus, welche bei anderen die Sehnsucht weckt, sich ihr blind anzuschliessen und so dem eigenen belanglosen Leben zu entkommen.

Heute sehe ich Miranda nur noch im Fernsehen oder erfahre durch die Klatschpresse, wo sie sich mit ihrer Familie gerade häuslich niedergelassen hat. Dabei fehlen auch Fotos ihres geschmackvoll eingerichteten Heims und ihres gut aussehenden Ehemanns nicht. Ihre beiden Kinder hält Miranda von den Kameras fern, so dass nicht einmal ich, ihre Tante, weiss, wie sie aussehen.

Miranda wollte mich nicht mehr sehen. Wie ich aus den Akten erfuhr, begann sie zu weinen, als sie zum Verhältnis zwischen uns Schwestern befragt wurde. Als sie sich wieder beruhigt hatte, sagte sie, wegen mir sei alles so schwierig gewesen, ich hätte ständig Unfrieden gestiftet. Oft hätte sie sich gewünscht, es gäbe mich nicht.

13

Die Beziehung zu Max entwickelte sich in die erhoffte Richtung. Meine kleinen Geschenke dienten dabei als Wegweiser. Mit Genugtuung stellte ich fest, wie sehr sich Caroline getäuscht hatte. Max bereitete es keine Mühe, sich vom anständigen, braven Lehrer und Zeitungsfritzen zum nächtlichen Herrscher über mich und meinen Körper zu verwandeln, um dann am Morgen wiederum der nette Max zu sein. Endlich fühlte ich mich ganz. Wäre da nicht Max' Fragerei nach meiner Vergangenheit gewesen, wäre mein Glück vollkommen gewesen. Doch er konnte es nicht lassen. Besonders beschäftigte ihn Gabriels Hemd. Warum ich es immer noch hätte? Was mir Gabriel noch bedeute? Ich bereute, ihm überhaupt davon erzählt zu haben.

14

Abgesehen von Max' Fragerei verlief alles in geordneten Bahnen, so dass ich mich voll und ganz auf das lang herbeigesehnte und zugleich gefürchtete Ereignis konzentrieren konnte: mein Vorsprechen beim Theater. Ich wollte glänzen. Vor dem Spiegel übte ich schon mal das Verbeugen, inklusive Kusshändchen. Letztere liess ich nach ein paar Durchgängen weg. Die Verbeugung sollte nicht übertrieben wirken, sondern ganz natürlich, wie wenn ich tosenden Applaus gewohnt wäre.

Wie sich nun zeigte, waren die einsamen Stunden im Heim für etwas gut gewesen. Um die Zeit totzuschlagen, hatte ich mir die Heimbibliothek vorgenommen und Buch um Buch verschlungen. Nichts Seichtes, nur echte Literatur, und so hatte ich nun die Qual der Wahl. Welche Figur wollte ich spielen? Herzerweichende Monologe von Frauen gibt es zuhauf. Ich fertigte eine Tabelle mit drei Spalten an. In die erste schrieb ich: Nora, Maria Stuart, Antigone, Seeräuber-Jenny. Die beiden weiteren Spalten waren für die Pros und Kons jeder Rolle reserviert. Nora: respektables Anliegen, doch nordisch. Das Nordische war mir als Kind verleidet worden durch ein Buch, in dem sich seltsame Trolle mit unangenehm klingenden Namen tummelten, die mir Albträume bescherten. Maria Stuart: Zickenkrieg auf höchster Ebene. Interessant, doch keine klare Unterscheidung zwischen *Fake* und *Fact*, da das Gespräch zwischen Elisabeth und Maria gar nie stattgefunden hat. Also weiter zu Antigone. Sie getraut sich zu dem zu stehen, was sie für richtig hält. Allerdings aus religiösen Gründen, was nichts Schlechtes zu sein braucht. Auch ihre Familienverhältnisse sind bemerkenswert: Mutter und Grossmutter in Personalunion. Nur: auch Antigone stirbt am Schluss, und das erst noch für einen Bruder, den sie zeitlebens nie besonders mochte. Und so fiel meine Wahl schliesslich auf die Seeräuber-Jenny. Auch ein bisschen zu Ehren von Svetlana, die viel pfleglicher mit ihren Gästen umgeht als Polly-Jenny. Manchmal frage ich mich, wie Svetlana es aushält mit all den Schwerenötern, die ihr ungefragt den Arsch tätscheln. Höchste Zeit also, für das Servierpersonal eine Lanze zu brechen, und sei's nur auf der Bühne.

Kopfzerbrechen bereitete mir, dass die Seeräuber-Jenny ihren Text singt. Ich habe keine Singstimme, vergreife mich manchmal auch etwas in den Tönen. Dank Internet fand ich heraus, dass es sich bei Jennys Darbietung eher um einen Sprechgesang handle, was wiederum der Verfremdung diene. Was genau damit gemeint war, wurde mir nicht klar, doch Sprechgesang, das sollte ich hinkriegen. Den Text hatte ich relativ rasch intus, und so ging es nur noch darum, der Rolle Leben einzuhauchen. Und das übte ich stundenlang bis ich soweit war, das Lied ohne zu stolpern Svetlana vorzutragen. Sie erlaubte mir, als die Bar bereits geschlossen hatte, mich hinter den Tresen zu stellen, damit das Ganze lebensechter wirkte. Es dauerte, bis Svetlana endlich zufrieden war, und da funkelten die Gläser, die ich wieder und wieder abgewaschen hatte, ganz so, wie es die Seeräuber-Jenny tat.

In der darauffolgenden Nacht träumte ich von Gabriel. Plötzlich stand er vor mir, in den Händen eine riesige Torte, auf der lauter kleine Kerzen brannten. Vergeblich versuchte ich, sie zu zählen. Ich wusste, dass ich sie auspusten musste, jede einzelne. »Wünsch dir was!«, befahl Gabriel, doch so sehr ich mich anstrengte: es kam mir nichts in den Sinn. »Wunschlos ist sie, wunschlos!« Gabriels Stimme hatte etwas Drohendes angenommen. Ich pustete und pustete. Da fing die Torte Feuer und verkohlte vor meinen Augen. Zurück blieb ein schwarzer Klumpen, mittendrin eine unversehrte rosa Zuckermandel, die mit zwei blauen Äuglein und einem kleinen roten Mund verziert war, darunter ein angedeutetes Spitzenlätzchen aus weissem Zuckerguss. Ich schreckte auf und konnte lange nicht mehr einschlafen.

15

An einem klirrend kalten Mittwoch begann das neue Jahr. Das Hallenbad war geschlossen, also blieb ich etwas länger im warmen Bett liegen. Max hätte mich ohnehin nicht zum Schwimmtraining begleiten können, weil er zwei lange Artikel schreiben musste. Immerhin hatten wir es geschafft, pünktlich um Mitternacht auf uns anzustossen. Das war mir wichtig. Gerne wäre ich bei ihm geblieben, schliesslich ist nicht jede Nacht die erste in einem Jahr. Doch Max hatte mir zu verstehen gegeben, dass seine Arbeit Vorrang hatte. Ich wollte ihm zeigen, dass ich das verstand.

Am Donnerstag zog ich dann alleine los Richtung Hallenbad. Mein roter Schwimmanzug zeigte erste Zerfallserscheinungen, das häufige Chlorwasser hatte ihm zugesetzt. Also würde ich nicht darum herumkommen, einen neuen zu kaufen. Als ich die feuchtwarme Schwimmhalle betrat, richtete sich mein Blick automatisch auf die unterschiedlichen Outfits der anwesenden Frauen. Nur wenige fast nackte Menschen sind eine Freude fürs Auge, auch ich nicht. Meine Haut ist zu weiss, ich bin zu klein geraten und eher auf der mageren Seite. Drei Frauen sassen auf den geheizten Treppenstufen. Ich versuchte, mir ihre Körper wegzudenken und konzentrierte mich auf die Farben, die sie trugen: Orange-Grün – für mich keine Option –, Schwarz-Weiss gemustert und… Erst da erkannte ich sie an der typischen Bewegung, mit der sie ihr Haar zurückstrich: meine Therapeutin aus dem Heim. Meine Vergangenheit drohte mich einzuholen, mitten in meinem neuen Leben. Sollte ich fliehen oder bleiben? Blieb ich, standen mir zwei Wege offen: Ich konnte mich zu erkennen geben oder meine Runden schwimmen, Blick geradeaus. Bevor ich mich entscheiden konnte, hörte ich sie rufen: »Lilith, das bist doch du, oder?« Also kein Entrinnen. Langsam drehte ich mich in ihre Richtung. Und erschrak. Ihr schönes, freundliches Gesicht mit den Sommersprossen, das mir so viel Vertrauen und Zuversicht eingeflösst hatte, schien im Zerfallen begriffen. Unter der fahlen Haut standen die Wangenknochen ungesund hervor, die Augen blickten aus dunklen Höhlen. Ich blendete ihren Körper wieder ein und sah, wie ausgemergelt er war. Ohne zu denken machte ich rechtsum kehrt und stürzte die Treppe hinunter in die Umkleide. »Lilith, du kannst immer zu mir kommen, egal was los ist.« Diesen Satz hatte ich mitgenommen, als meine Zeit im Heim um war. Zu wissen, dass da jemand war, der immer für mich da sein würde, hatte mir die Kraft und den Mut gegeben, mein neues Leben ausserhalb der geschützten Mauern überhaupt zu wagen. Das Versprechen meiner Therapeutin war mein Talisman. Ich hatte nie im Sinn gehabt, auf ihn zurückzugreifen, doch ich wusste: er ist da. Für alle Fälle. Und nun hatte ich ihn verloren.

16

Es machte mir Freude, Max mit Geschenken der besonderen Art zu überraschen. Eigentlich waren es auch Geschenke an mich selber. Doch Max sollte mich nicht für selbstsüchtig halten. Und so beschloss ich, ihm dies mit meiner nächsten Überraschung zu zeigen. Seine Liebe zur klassischen Musik – für mich ein Buch mit sieben Siegeln – war mir nicht verborgen geblieben. Er kannte sich aus. Ertönte aus einem Lautsprecher Musik dieser Sparte, nahm sein Gesicht einen verträumten Ausdruck an, manchmal wippte er im Takt dazu oder summte die Melodie mit.

Es war nicht einfach, etwas Passendes auszusuchen. Gleich drei Regale befanden sich unter dem Schild »Klassik«. Ich klappte CD um CD um, konnte mich für keine entscheiden. Bis ich auf ein hübsches Cover stiess: vier Mal ein und derselbe Baum, einmal im Frühling, im Sommer, im Herbst und im Winter. Die vier Jahreszeiten. Alle wollte ich sie mit Max erleben. Zuhause verpackte ich die CD sorgfältig in Geschenkpapier und legte sie auf Max' Teller. Der Musiktitel hatte mich inspiriert. Ein Strauss Tulpen mitten im Winter als Symbol für alles Kommende sollte es sein, egal, was er kostete. Ich war gespannt. Wie würde Max reagieren? Enttäuscht? Erfreut?

Wie erwartet, schielte Max bereits bei unserem Begrüssungskuss zum Esstisch hinüber, wo das Päckchen gut sichtbar auf seinem Teller lag. Ich konnte es kaum erwarten, bis er es auspackte. Max liess sich Zeit, kostete die Vorfreude aus. Als die CD vor ihm lag, schob er seinen Stuhl zurück, kam herüber zu mir und nahm mich in die Arme, um mir zu danken. Ich hatte ins Schwarze getroffen. Wir hatten unsere Musik gefunden.

17

Der Tag des Vorsprechens rückte näher. Ich nutzte jede Gelegenheit, um an meiner Rolle zu feilen. Gab mir ein Kunde am Kiosk ein Trinkgeld, was gar nicht so selten vorkam, bedankte ich mich mit einem Knicks, den ich in meine Darbietung einbauen wollte. Da ich hinter dem Tresen stand, kam er nicht vollständig zur Geltung und wurde auch nicht immer richtig interpretiert.

»Knieprobleme, kenne ich«, wollte mich einer trösten. Ich liess ihn im Glauben und probierte gleich noch das nette und das böse Lächeln der Jenny an ihm aus. Es dauerte eine Weile, bis er wieder bei uns einkaufte.

Die Frage des Outfits war rasch geklärt. Jenny ist Serviererin und wird erst am Schluss zur Seeräuberin. Also bat ich Svetlana, mir eine spitzenbesetzte Servierschürze auszuleihen. Sie hatte tatsächlich noch eine aus ihren Anfängen als

Kellnerin, die sie schon lange nicht mehr trägt. Das braune Kleid, das ich darunter tragen wollte, war ein ehemaliger Fehlkauf, und ich zerriss es ohne Bedenken an einigen Stellen. Schliesslich sollte es nicht adrett aussehen. Jenny trägt Lumpen. Um das Publikum zu verblüffen, hatte ich mir etwas Besonderes ausgedacht: In der Mitte der dritten Strophe wollte ich mir ein Tuch nach Seeräuberart um den Kopf binden, um Jennys Zukunft als Passagierin des Schiffs mit acht Segeln anzudeuten.

Ich kann mich nicht erinnern, schon jemals so nervös gewesen zu sein. Als ich das Vorzimmer betrat, das schwach nach Theaterschminke roch, sassen schon, schön aufgereiht, rund zwanzig Leute auf rot gepolsterten, ziemlich abgewetzten Sesseln. Mehr Frauen als Männer, wie üblich, wenn es darum geht, über den eigenen Schatten zu springen. Ich visualisierte mein Ziel – von der Therapie ist doch noch so einiges hängen geblieben – und stellte mir vor, wie ich mich im Scheinwerferlicht vor einem tosenden Publikum verbeuge. Erst dann nahm ich meine Mitkonkurrentinnen unter die Lupe. Und konnte nicht glauben, was ich sah: fünf Seeräuber-Jennys, alle bereits im Endkostüm und mit einem Tuch um den Kopf. Ich durchforstete mein Gedächtnis nach weiteren Frauenrollen, die ein derartiges Outfit verlangen würden. Ohne Ergebnis.

Wir wurden in Fünfergruppen aufgerufen. Mit weichen Knien machte ich mich in Begleitung von drei Jennys und einem vierschrötigen jungen Mann im Jagdkostüm auf den Weg in den Theatersaal. Das Scheinwerferlicht war da, doch das Publikum bestand nur aus einem älteren Mann und einer ebenfalls älteren Frau. So viel zum erhofften tosenden Applaus. Wir setzten uns nebeneinander in die erste Reihe. Vor Aufregung war mir übel. Der Mann und die Frau waren beide Schauspieler mit jahrzehntelanger Theatererfahrung und hatten offenbar die Aufgabe, uns abzuschrecken: ein harter Beruf, zudem nicht lukrativ, ob wir uns das wirklich antun wollten. Dermassen ermuntert, bestieg die erste Jenny die Bühne. Sie steckte in einem aufwändigen Kostüm, hatte sich sogar einen Säbel umgeschnallt, der, weil sie so nervös war, unablässig und mit leisem Klackern in schnellem Takt an ihren Gürtel schlug. Ihre Artikulation war in Ordnung, doch ihre Stimme zu leise. Sie hielt ihren Kopf gesenkt, schaute nur beim Refrain in den leeren Saal, auf der vergeblichen Suche nach einem aufmunternden Augenpaar. Bei der letzten Zeile, *wird entschwinden mit mir*, schaute sie etwas hoffnungsvoller, vermutlich, weil sie bald erlöst sein würde. Sie wartete das Verdikt der beiden Schauspieler gar nicht erst ab und entschwand mit einem kaum vernehmbaren »total verkackt« tatsächlich, allerdings nur durch die Tür und nicht auf einem Schiff mit acht Segeln. Eine Konkurrentin ausgeschaltet, sagte ich mir mit schlechtem Gewissen, denn das Kind hatte mir leid getan.

Die nächste Jenny war von robusterer Natur. Sie stellte sich mitten auf die Bühne, rückte noch einmal ihr Kopftuch zurecht und trug ohne zu zögern mit lauter Stimme ihren Monolog vor. Wie ich zugeben muss, beherrschte sie den Sprechgesang besser als ich, doch das Geheimnisvolle der Jenny fiel komplett unter den Tisch.

Vor mir wurde der Jägersmann aufgerufen, von dem ich

nicht viel mitbekam. Zu sehr war ich damit beschäftigt, mir den Text noch einmal durch den Kopf gehen zu lassen.

Und dann war ich an der Reihe. Ich hatte mich unterdessen an die Atmosphäre gewöhnt und bemerkte gar nicht, wie ich die kleine Treppe zur Bühne hochstieg. Ich liess kurz die Wärme des Scheinwerferlichts auf mich wirken, dann schaute ich keck in den Saal: »Meine Herren, heute sehen Sie mich Gläser abwaschen. Und ich mache das Bett für jeden«, begann ich. Der Text trug mich, ich schaffte es sogar, den Knicks an der richtigen Stelle anzubringen und mir das Tuch, wie vorgesehen, in der Mitte der dritten Strophe umzubinden. Mit bösem Lächeln befahl ich, alle zu töten, und beim *Hoppla,* wenn die Köpfe fallen, schaute ich hochmütig in die Runde. Offenbar hatte meine Darbietung gefallen. Die robuste Mitkonkurrentin klatschte und war mir gleich noch sympathischer. Der Schauspieler kritzelte etwas auf seinen Notizblock, doch die Schauspielerin blickte nach wie vor ziemlich gelangweilt. Daumen rauf oder runter? Noch wusste ich es nicht.

Die letzte Jenny schien schon routiniert zu sein und machte ihre Sache gut, doch es fehlte das gewisse Etwas. Zudem hatte ich in ihrer Stimme ein leichtes Näseln vernommen, was gar nicht zu Jenny passt.

Und dann begann das Warten. Wir hatten uns wieder im Vorraum versammelt. Nun wurde auch gesprochen und gerätselt. War ich gut genug? Alle wollten es wissen. Als mein Name fiel, durchflutete mich Stolz und Freude. Auch die robuste Jenny hatte es geschafft. Wir fielen uns in die Arme, lachten und tauschten schon mal unsere Handynummern aus. Ich konnte es kaum erwarten, Max von meinem Erfolg zu berichten.

18

Max kreuzte gleich mit zwei Flaschen teurem Rotwein auf, die sich sowohl fürs Feiern wie fürs Trösten geeignet hätten. Ich war gerührt, dass er mein Vorsprechen nicht vergessen hatte. Zur Feier des Tages holte ich meine edlen Weingläser hervor, und wir stiessen auf meine Karriere als Schauspielerin an. Der Wein passte gut zum Spinatkuchen, den ich gebacken hatte. Ich erzählte Max alles haarklein, und je mehr ich erzählte, desto grösser wurde meine Vorfreude auf den kommenden Lebensabschnitt. Ich fühlte mich rundum glücklich, bis Max mit seiner Fragerei anfing. Er schien regelrecht besessen von Gabriel zu sein. Einmal mehr bereute ich, jemals seinen Namen erwähnt zu haben. Angesichts des Freudentags übte ich mich zuerst in Geduld und erklärte Max ein weiteres Mal, dass man Vergangenes ruhen lassen und sich an der Gegenwart erfreuen solle. Doch er liess nicht locker. Was mir Gabriel angetan hätte, wollte er wissen. Nun hatte ich genug. Anstatt sich mit mir zu freuen, musste er alles verderben. Seine Eifersucht ging mir auf die Nerven. Und so stellte ich ihn vor die Tür. Als er draussen war, drehte ich den Schlüssel gleich zwei Mal um. Ich hatte mir den Abschluss dieses Tages anders vorgestellt. Nun sass ich ganz allein vor meinem praktisch leeren Weinglas, wütend und verletzt. Max, so schwor ich mir, hatte in meinem Leben nichts mehr zu suchen.

Am nächsten Tag erwachten zwei Liliths. Zuerst die stolze, freudige: Ich hab's geschafft! Schon bald werde ich im Theater ein- und ausgehen. Sogleich regte sich die andere Lilith, deren Gefühle sich wie ein Schatten auf die erste Lilith legten. Meine Wut auf Max hatte über Nacht merklich an Kraft eingebüsst, wie ein Feuer, von dem nur noch verkohlte Asche übrig geblieben ist, aus der ein müdes Räuchlein ohne Überlebenschancen aufsteigt. Schon begann ich ihn zu vermissen. Doch ich wollte glaubwürdig bleiben, wenn nicht für ihn, so für mich. Schliesslich hatte ich meinen Stolz. Wenn schon, sollte Max auf mich zukommen. Ich packte meine Sporttasche und beschloss, mich mit Schwimmen abzulenken.

Sämtliche abgetrennten Bahnen waren gut besetzt. Mehr Platz hatte es im Bereich fürs freie Schwimmen, wo sich ein älterer Herr, der auch unter der Woche unverdrossen seine Schwimmübungen absolvierte, und zwei korpulente Damen mit schlecht sitzenden Badehauben den Platz teilten. Also gesellte ich mich zu ihnen und schwamm los. Mit kräftigen Zügen zerteilte ich das Wasser und glitt mühelos dahin. Bis meine linke Hand in weiches, wabbeliges Fleisch stiess. Ich streckte den Kopf aus dem Wasser und stellte fest, dass sich die beiden Damen breit gemacht hatten und für mich kein Durchkommen war. Billiges, zu stark dosiertes Parfüm waberte über die Wasseroberfläche und verursachte mir Übelkeit.

»Wenn die Damen etwas Platz machen würden«, sagte ich so freundlich wie möglich.

»Wenn du Tempo machen willst, bitte, dort drüben sind die abgetrennten Bahnen.« Die etwas jüngere hob ihren fetten Arm aus dem Wasser, zeigte hinüber zu den übrigen Schwimmern und nahm ihre Plauderei mit ihrer Freundin wieder auf. Aus der Gegenrichtung näherte sich der ältere Herr, der mir bis anhin stets freundlich zugenickt hatte, wenn wir uns kreuzten. Nicht so heute. Er drosselte sein Schneckentempo auf Null und schnitt mir den Weg ab.

»Wissen Sie was, Fräulein? In diesem Bad nimmt man Rücksicht auf uns ältere Herrschaften. Wenn Ihnen das nicht passt, können sie sich gerne anderswo austoben.«

Immerhin hatte er mich nicht geduzt. Doch am liebsten hätte ich ihn unter Wasser gedrückt und gewartet, bis nicht einmal mehr ein Gurgeln zu hören gewesen wäre. Ich warf ihm einen bösen Seeräuber-Jenny-Blick zu, beschloss aber, mich nicht auf weitere Diskussionen einzulassen. Ich drehte um, schwamm zügig zum nächstgelegenen Ausstieg und liess die beleidigten Alten keifend hinter mir zurück. Kein guter Tag, trotz meinem gestrigen Triumph. Und ein sicheres Zeichen dafür, dass mir der Streit mit Max mehr zusetzte, als ich mir eingestehen wollte.

Wieder daheim, liess ich mir den vorangegangenen Abend bei einer Tasse Kaffee noch einmal durch den Kopf gehen. Ich ermahnte mich zur Selbstkritik in der Hoffnung, so ein Schlupfloch zu finden, das mir erlauben würde, mich wieder bei Max zu melden. Bestand ein Grund, mich bei ihm zu entschuldigen? Definitiv nein. Er hatte mir diesen speziellen Abend verdorben mit seiner Eifersucht. Doch das ungute Gefühl hielt sich hartnäckig. Wie aus dem Nichts kam mir eine Redensart in den Sinn: Es quietscht immer das Ferkel, das getroffen wurde. Doch wer war nun das Ferkel, Max oder ich? Es kostete mich Überwindung zuzugeben, dass Max einen wunden Punkt getroffen hatte. War also ich das Ferkel, das sich selber etwas vorlügt? Bedeutete mir Gabriel doch noch mehr, als ich dachte? Max und ich würden nie eine Chance haben, solange ich mit Gabriel noch nicht fertig war. Entschlossen steckte ich das blaue Hemd, ohne noch einmal daran zu riechen, in die Mülltonne. Ich musste Gabriel sehen, und zwar zu meinen Bedingungen: bei ihm zuhause. Ich würde ihn zur Rede stellen. In seinen eigenen vier Wänden. Aber vor allem wollte ich herausfinden, ob da noch etwas war zwischen ihm und mir.

19

Zuerst dachte ich, mir eine falsche Hausnummer gemerkt zu haben, denn ich stand vor einem stattlichen Haus, das Caroline wohl eine Villa genannt hätte. Ich blickte mich um. Kein Mensch weit und breit. Am Strassenrand war ein Briefkasten angebracht. Schenk. Also war ich richtig. Ich zögerte kurz, ging dann aber entschlossen weiter. Ein von Büschen gesäumter Kiesweg führte zum Haus. Durch das vergitterte Fenster, das in die Haustür eingelassen war, drang Licht. Gabriel musste zuhause sein. Bevor ich es mir anders überlegen konnte, drückte ich auf die Klingel. Schritte näherten sich, ein Schlüssel wurde gedreht, die Tür öffnete sich, und vor mir stand eine junge Frau, auf dem Arm hatte sie einen

Säugling mit Breiresten um den Mund.

»Ja?« Sie hob fragend die Augenbrauen.

Für einen Rückzieher war es zu spät.

»Ist Gabriel da?«

»Und wer will das wissen?«

Ja, wer? Lilith – oder Anna? »Ich«, sagte ich stattdessen.

»Geht's noch etwas genauer? Falls du eins von Gabriels Flittchen bist, kannst du gleich wieder umkehren. Und nein, Gabriel ist nicht da.«

Erst als ich den Kiesweg zurück ging, entdeckte ich hinter einem Busch ein Kinderdreirad und eine vergessene Sandschaufel. Nun wusste ich, was ich nie wissen wollte. Zwar hatte ich meine eventuell noch vorhandenen Gefühle für Gabriel nicht direkt testen können, doch hatte ich anderweitig Klarheit erhalten. Erstens: Gabriel war verheiratet und Vater von mindestens zwei Kindern. Zweitens: Neben mir und der Mutter seiner Kinder gab es noch andere Frauen. Ich fühlte mich verraten, gleichzeitig schalt ich mich, so naiv gewesen zu sein. Überhaupt, was hatte ich Gabriel eigentlich sagen wollen? Ihn an seine Verantwortung erinnern, die er der verhinderten Mutter seines nie geborenen Kindes gegenüber hatte? Gabriel hätte mich bloss ausgelacht, vielleicht sogar sein Handy gezückt, um mir Urlaubsfotos unter die Nase zu halten, auf denen er mit seinen Kindern Sandburgen baut. Mit einem Schlag wurde mir die Banalität unserer Affäre bewusst. Gabriels Bann war endgültig gebrochen. Nun war ich erlöst. Doch es dauerte noch Tage, bis auch mein Selbstmitleid verschwunden war.

Und da war ja noch Max. Oder eben: da war er nicht

mehr. Hatte ich am ersten Mittwoch nach unserem Streit noch mit einer vagen Hoffnung die Schwimmhalle betreten, so wappnete ich mich eine Woche später gegen die Enttäuschung, dort wiederum keinen Max vorzufinden. Ich schaute vor dem Training auf einen Kaffee bei Svetlana vorbei. Ein kleiner Schwatz mit ihr würde mir gut tun und mir zeigen, dass ein männerloses Leben durchaus Sinn machen kann.

Svetlana war gerade dabei, die Getränkebestellung vorzubereiten. Sie winkte mir zu, fuhr aber fort, sämtliche Schnapsflaschen auf ihren Inhalt zu prüfen. War nur noch ein kleiner Rest vorhanden, machte sie einen Strich auf einer Liste, die für den Lieferanten bestimmt war. Als sie die Flaschen zurückgestellt und in Reih und Glied angeordnet hatte, brachte sie mir einen Kaffee.

»So gegen zehn sollte er eigentlich kommen. Du weisst schon, der Dunkelhaarige mit dem blauen Camion. Ich hab' da so ein Gefühl. Er und ich, warum nicht? Was meinst du, Lilith? Wir wären bestimmt kein schlechtes Paar.«

Nicht gerade ein Thema, das mich aufbaute.

»Könnte passen«, sagte ich knapp, ohne daran zu glauben. Svetlana in einer Beziehung – das konnte ich mir nicht vorstellen. Und wollte es auch nicht. Vor allem an diesem Morgen nicht. Wortkarg nippte ich an meinem Kaffee und war froh, als sich Svetlana wieder hinter den Tresen begab, um die Abwaschmaschine auszuräumen, die mit einem Piep das Ende des Programms angezeigt hatte.

Ich hing weiter meinen trüben Gedanken nach. Gabriel – ein notorischer Frauenheld und Familienvater, mit dem ich ein Kind grossziehen wollte. Max – von der Bildfläche verschwunden, allein durch meine Schuld. Nicht einmal der Gedanke an meinen zukünftigen Erfolg als Schauspielerin vermochte mich aufzuheitern. Was sollte mir der Applaus eines gesichtslosen Publikums, in dem niemand sass, dem ich etwas bedeutete?

Svetlana hatte inzwischen die Maschine ausgeräumt und sich vor den halb blinden Spiegel beim Eingang gestellt. Sie zog eine Haarnadel aus ihrem schiefen Haarturm, klemmte sie sich zwischen die Zähne, richtete ihre Frisur und klippte sie mit der Haarnadel wieder fest, in freudiger Erwartung ihres Camioneurs.

Ich bezahlte meinen Kaffee, wünschte Svetlana viel Glück und machte mich lustlos auf Richtung Hallenbad.

Erst nach der Hälfte der Strecke fand ich zu meinem gewohnten Tempo und zum Rhythmus, bei dem die Bewegungen leicht und harmonisch werden und ganz automatisch ablaufen. Meine Stimmung hatte sich etwas gehoben. Eines war klar: Ich wollte Max nicht verlieren. Dafür musste ich etwas tun, Stolz hin oder her. Max hatte mir gezeigt, wo er arbeitete. Ich wollte ihm nicht begegnen, sondern nur eine Nachricht für ihn hinterlassen. Also machte ich auf dem Heimweg einen Abstecher zur Zeitungsredaktion, schlich die wenig benutzte Hintertreppe hoch und versteckte mich in der Damentoilette. Als die Luft rein war, schlüpfte ich hinaus und legte Max einen Zettel aufs Pult. *19 Uhr*, hatte ich darauf geschrieben. Mehr nicht. Max würde verstehen. Und wenn er tatsächlich zu mir zurück kam, sollte es für immer sein. Um ihm das zu zeigen, würde ein extra grosses Geschenk auf ihn warten.

Wieder zuhause, stürzte ich mich sogleich in die Vorbereitungen, inzwischen gewiss, dass Max meiner Einladung folgen würde. Ich wischte und schrubbte den Boden, brachte den Chromstahl in Küche und Bad zum Glänzen, putzte die Fenster, steckte die schmutzige Bettwäsche in die Waschmaschine, bezog das Bett mit einem frischen Laken, legte die Fesseln bereit und rückte das Bild von Rousseaus schlafender Zigeunerin an der Wand darüber gerade. Alles war blitzblank. Nun fehlten nur noch die Weingläser auf dem Tisch und die Kerzen, die ich im ganzen Raum verteilte. Und natürlich ich, in ansprechender Verpackung. Ich duschte und schlüpfte in meinen bunt bestickten japanischen Kimono. Den Gürtel band ich nur lose zu. Max sollte sich nicht mit einem widerspenstigen Knoten abmühen müssen. Meine Frage wollte ich für den Morgen aufsparen und in beiläufigem Ton stellen: »Max, möchtest du zu mir ziehen?«

Als ich die Haustür ins Schloss fallen hörte, drückte ich die Play-Taste und liess unsere Musik ertönen. Heute würde ich zum ersten Mal ganz Max gehören, jetzt, da Gabriels Schatten endgültig verschwunden war. Nachdem ich Max an mein Herz gedrückt hatte, setzten wir uns an den kleinen Esstisch. Max entkorkte die zweite Flasche des guten Weins, den er beim letzten Mal mitgebracht hatte, und füllte unsere Gläser. Da fiel mir ein, dass sich Max' Geschenk noch im Estrich befand und ging es holen. Als ich das Paket vor Max hinstellte, bemerkte ich auch bei ihm eine Veränderung. Er streichelte meine Wange mit einer Zärtlichkeit, die mir neu war. In seinem Blick lag nicht mehr Verliebtheit, sondern Liebe, tief wie ein See ohne Grund. In diesem Moment war ich der glücklichste Mensch der Welt, mir sicher, dass Max Ja sagen würde.

Doch einstweilen mühte er sich mit der Verpackung seines Geschenks ab. Als er den Deckel der Schachtel entfernt hatte, untersuchte er deren Inhalt genau. Ich war gespannt, was er sich für diese Nacht aussuchen würde, doch wollte ich mich überraschen lassen. Also löste ich selber den Gürtel meines Kimonos, streifte die seidene Haut ab und legte mich aufs Bett. Mit derselben Zärtlichkeit, die ich zuvor in seinen Augen gesehen hatte, band Max mich fest.

»Noch etwas Geduld«, flüsterte er in mein Ohr. Max hatte auch das begriffen: warten steigert das Begehren. Er liess sich Zeit. Als ich hörte, wie er aus dem Bad herauskam, schloss ich die Augen. Max wühlte in der Kiste, dann näherten sich seine Schritte dem Bett.

»Ich gehöre dir«, murmelte ich und liess mich fallen in die andere meiner Welten.

Am Morgen tastete ich mit noch geschlossenen Augen auf der linken Bettseite nach Max. In unserer ersten gemeinsamen Nacht hatte Max mich im Schlaf an den Bettrand gedrängt, worauf ich ihm freie Wahl der Bettseite anbot, nicht ohne darauf hinzuweisen, dass die Entscheidung verbindlich sei und allfällige Grenzüberschreitungen mit aller Härte geahndet würden.

Ich bekam einen Zipfel seines Kopfkissens zu fassen, zog daran und rechnete mit Widerstand. Doch das Kissen rutschte ungebremst über das frisch gewaschene Laken zu mir herüber. Erst da öffnete ich die Augen und stellte fest, dass

Max nicht da war, auch seine Kleider und Schuhe fehlten. Er musste schon eine Weile aufgestanden sein, denn sein Kopfkissen fühlte sich kühl an, ohne Restwärme. Ich nahm an, dass Max frische Brötchen holen gegangen war – etwas, bei dem wir uns in Zukunft abwechseln würden –, duschte, zog mich an und warf schon einmal einen Blick in meinen bescheidenen Kleiderschrank. Alles, was nicht der aktuellen Jahreszeit entsprach, konnte ich problemlos im Estrich aufbewahren und Max den frei gewordenen Platz überlassen.

Nach einer Stunde wurde ich unruhig. Er wird jemanden getroffen und die Zeit vergessen haben, redete ich mir ein. Diese Möglichkeit schloss ich nach drei Stunden aus. Max würde Bescheid geben, wenn er so lange aufgehalten würde. Ich versuchte ihn anzurufen, doch nach zwanzig Mal läuten gab ich auf. Ich schrieb ihm eine SMS. Keine Antwort. Die Nummer von Ralph, so viel ich weiss der einzige Freund von Max, kannte ich nicht. In der Redaktion nachzufragen war an einem Samstag zwecklos. Je weiter der Nachmittag fortschritt, desto sicherer war ich, dass Max etwas zugestossen sein musste. Um 18 Uhr – ich hatte schon den Mantel angezogen, um zu seinem Hotel zu gehen – erhielt ich dann eine Nachricht von ihm. *Verzeih mir, Lilith, ich musste weg und werde dir alles erklären. Mach dir keine Sorgen um mich, ich bin ok. Ich hoffe, du auch.* Also war ihm nichts Gravierendes zugestossen. Trotzdem: Er hätte früher Bescheid geben und mir diesen Tag ersparen sollen. Ob ich ihm *die* Frage überhaupt stellen wollte, machte ich von Max' Erklärung für sein plötzliches Verschwinden abhängig.

Max liess sich Zeit damit. Weder später am Samstag

noch am Sonntag meldete er sich. Die Ungewissheit setzte mir zu. Um mich abzulenken, befreite ich meinen kleinen Fernseher von seinem freudlosen Dasein im Estrich, zappte wahllos durch die Programme, ohne einen Film bis zum Ende zu schauen, und war froh um jede Minute, in der ich schlafen konnte.

Montag – noch immer kein Zeichen von Max. Als ich am Abend den Rolladen heruntergelassen und den Kiosk dicht gemacht hatte, begab ich mich schnurstracks zu Svetlana. Seit ihr Camioneur praktisch jede Schnapsflasche einzeln anlieferte, um möglichst oft in den Genuss ihrer Gegenwart zu kommen, hielt sich Svetlana für beschlagen in Liebesdingen. Ich hatte da meine Zweifel, war aber mehr als reif für einen Drink.

Als ich mir meinen Weg durch die Militärwolldecken gebahnt hatte, sah ich Svetlana beim runden Tisch stehen, den die Stammgäste in Beschlag genommen hatten. Der schlecht rasierte, stets zu einem Scherz aufgelegte Sepp war schon da und gestikulierte auf seine spastische Art wild mit den Armen. Adrian, vis-à-vis von ihm, war sich solches von Sepp gewohnt und guckte eher gelangweilt. Stammtischgespräche gehorchen ihren eigenen Gesetzen. Wohl das wichtigste ist: Bring ja nie etwas Neues in die Runde und bleibe stets derselbe!

Svetlana tauschte die leeren Biergläser der beiden gegen volle und belud ihr Tablett auf dem Rückweg zum Tresen gleich noch mit weiteren gebrauchten Gläsern von den anderen Tischen. Als sie mich bemerkte, blieb ihr übliches Grinsen aus, stattdessen wies sie mit dem Kopf Richtung Toilette, unser Ort für unbelauschte Gespräche. Eigentlich war ich nicht zu haben für eine tiefgründige Analyse des wundersamen Tuns und Lassens ihres Camioneurs. Meine eigenen Sorgen bedrückten mich zu sehr. Wo war Max geblieben? Was hielt ihn davon ab, zu mir zurück zu kommen?

»Er kommt nicht mehr, Lilith«, teilte mir Svetlana als erstes mit.

»Nimm's nicht so schwer. Auch andere Mütter haben nette Söhne«, versuchte ich sie aufzuheitern.

»Max. Nicht Guido.« Also Guido hiess er, ihr Angebeteter. Und erst da begriff ich.

»Max, hast du gesagt? Weshalb Max?«

»Er war hier, Lilith. Wollte sich verabschieden. Er könne nicht mehr, war alles, was er sagte. Darum: frag' mich nicht. Ich weiss nicht mehr als das.«

»Und jetzt ist er einfach weg? Wohin, hat er nicht gesagt? Svetlana, sag's mir! Sag, was du weisst!« Ich packte sie bei beiden Oberarmen und schüttelte sie. Trotz meines eisernen Griffs gelang es ihr, bedauernd die Schultern zu heben.

»Ohne Gruss an mich, ohne Nachricht?« Das konnte ich nicht glauben.

»Lilith, am besten findest du dich möglichst rasch damit ab. Max wirkte sehr entschlossen. Da ist nichts mehr zu machen. Du weisst besser als ich, was zwischen euch schief gelaufen ist.«

Und da rutschte ich sozusagen aus dem aktuellen in einen neuen Film. War zuvor der Horizont noch weit weg, so schnellte er nun in atemberaubender Geschwindigkeit auf mich zu und machte erst kurz vor meiner Nasenspitze Halt.

Herrschte im alten Film Tag, so befand ich mich nun in der Dämmerung. Noch war es nicht ganz dunkel, doch sämtliche Farben hatten sich verabschiedet.

20

Sanft lasse ich die Kuppe meines linken Mittelfingers über das Muster gleiten, das die Sonne auf meinen nackten Bauch zeichnet. Durchs offene Fenster wirbeln Kinderstimmen. Träge hebe ich aus dem zerknüllten Bettlaken mein rechtes Bein, begutachte die nur noch zu zwei Dritteln dunkel lackierten Fussnägel, lasse das Bein wieder sinken. Unbarmherzig leuchtet das Tageslicht jeden Winkel meines Zimmers aus. Mein Blick schweift vom überquellenden Wäschekorb über das Spülbecken, in dem sich das schmutzige Geschirr türmt, bis hin zum Stuhl neben dem Bett. Achtlos hingeworfen liegt darauf das blaue Kleid, das die Hoffnung nicht erfüllt hat, zu einem meiner Lieblingsstücke zu werden. Ich drehe den Kopf Richtung Tür. Dahinter lockt... nichts. Trotzdem bewege ich meinen Körper in eine sitzende Position und stelle die Füsse auf den nackten Holzboden. Sie tragen mich in die Küchennische. Erstaunlicherweise findet sich noch ein Rest Kaffee in der Dose auf der Anrichte. Ich fülle den Kocher mit Wasser, kippe den Schalter auf »on« und verliere mich kurz in der Betrachtung des dadurch ausgelösten rötlichen Scheins. Ich spüle eine Tasse aus, schütte das braune Pulver hinein, warte, bis das Wasser kocht, giesse den Kaffee auf und setze mich damit auf die Bettkante. Obschon erst Mittag, scheint auch dieser Tag wie alle vorangegangenen ereignislos seinem Ende entgegen zu tröpfeln. Ich trinke aus und platziere die leere Tasse zuoberst auf dem aufgeschichteten schmutzigen Geschirr im Spülbecken. Ohne das Laken darunter glatt zu ziehen, werfe ich die abgeschossene Tagesdecke übers Bett. Dabei fällt mein Blick auf einen braunen Gegenstand, der unter dem Bett hervorschaut: die lederne Schatulle, die zu öffnen ich mir vor langer Zeit verboten habe. Ich kann mich nicht mehr erinnern, wie die Schatulle unter mein Bett geraten ist. Doch wäre es nicht an der Zeit, sie endlich zu öffnen? Ich erwäge das Dafür und das Dawider. Mein Zustand hat sich merklich gebessert. Endlich. Zum ersten Mal seit Wochen ist mir heute Morgen das Zwitschern der Spatzen aufgefallen. Rasch bin ich aufgestanden, habe das Fenster weit geöffnet und mich dann wieder ins Bett gelegt. Ein gutes Zeichen: Lilith nimmt wieder am öffentlichen Leben teil, und sei's nur an jenem der Spatzen. Diese Tatsache spricht sowohl für wie gegen das Öffnen der Schatulle. Zwar fühle ich mich stark wie schon lange nicht mehr, könnte also einiges aushalten, doch ein Zuviel könnte meinen Zustand wieder verschlechtern. Ich denke an Annas Tigerkatze, die nie existiert hat. Trotzdem gibt sie mir Kraft. Ich bücke mich nach der Schatulle und lege sie mir vorerst einmal auf die Knie. Dann hole ich Luft, halte den Atem an und hebe den Deckel, immer noch unsicher, ob ich tatsächlich sehen will, was er im Moment noch verbirgt.

Die Fotos liegen wild durcheinander. Ich greife in die Schatulle und ziehe wahllos ein paar hervor. Die ganze Familie vor einer Bergkulisse: Vater, Mutter, Toni, ich und Miranda, letztere noch ganz klein. Er hält mich an der Hand, meine beiden Geschwister schauen zu mir herüber. Und ich schaue zu ihm hoch. Weder ängstlich noch zutraulich, am ehesten neutral. So, wie man sich einer Tatsache gegenüber verhält: sie ist da, nicht mehr, nicht weniger, und je eher man sie als gegeben und somit als unabänderlich akzeptiert, desto leichter lässt sich damit leben. Auf dem nächsten Bild spielen wir drei Geschwister an einem Brunnen auf einem Dorfplatz, den ich nicht erkenne. Wasser spritzt, Miranda hat sich leicht abgewendet und die Arme schützend vor ihr Gesicht gehoben. Meine Mutter steht in einiger Entfernung und lacht unsicher. Ich vermute, dass sie dem Treiben gerne ein Ende bereitet hätte, doch wenn selbst Vater nicht einschreitet und stattdessen ein Bild schiesst, muss es sich um etwas Fröhliches handeln, das Lachen rechtfertigt. Dann ein leicht schiefer Weihnachtsbaum, bunt geschmückt, zuoberst ein Stern aus glänzendem Metall. Zwischen den brennenden Kerzen baumelt ein Weihnachtsmann aus Pappe, den ich in der Schule gebastelt habe. Der Weihnachtsmann war mir lange ein Rätsel. Ich kannte nur den Nikolaus, der lange vor Weihnachten Nüsse, Mandarinen und Schokolade bringt, obschon er in einem dicken Buch viele der durchs Jahr hindurch begangenen Sünden fein säuberlich notiert hat und somit wissen sollte, dass Geschenke eigentlich nicht am Platz wären. Dann Toni in einer Seifenkiste, sein mit Sommersprossen übersätes Gesicht zu einem fröhlichen Grinsen verzogen. Dann nochmals Toni, wohl im selben Jahr, um den Hals eine Medaille. Im Hintergrund ist eine Tartanbahn zu erkennen. Auf einem länglichen rechteckigen Karton sind gleich drei Bilder aufgeklebt: wir drei Geschwister, jeweils an unserem ersten Schultag. Toni mit verschmitztem Lächeln, ich schaue ernst und erwartungsvoll, Miranda ist schlicht und einfach süss mit ihren blonden Locken, den strahlenden Augen und ihrem umwerfenden Zahnlückenlächeln. Ein weiteres Bild zeigt die ganze Familie am Esstisch: Vater als Oberhaupt sitzt an der Stirnseite, um den Hals eine weisse Serviette, vor sich eine Platte, auf der zwei

Würste fettig glänzen. Er ist im Begriff, sie anzustechen: In der linken Hand hält er ein zur Seite gekipptes Messer, mit dem er die Würste auf die Platte drückt, damit sie nicht wegrutschen, wenn er mit der Gabel, die er schon unter die näher gelegene Wurst geschoben hat, zustechen wird. Wir drei Kinder schauen gierig, die Mutter bescheiden. Aus dem Bilderstapel ragt der vergilbte, ehemals weisse gezackte Rand eines alten Schwarzweissfotos. Ich nehme es in die Hand. Am Steuer eines alten Ford-Cabriolet sitzt eine Frau, auf dem Rücksitz ein kleiner Junge, auf dem Kopf eine zu grosse schräg sitzende Mütze. Er schaut ängstlich und wirkt, so ganz allein im Fond, ziemlich verloren. Es dauert einen Moment, bis ich in ihm meinen Vater erkenne, am Steuer meine Grossmutter. Schliesslich stosse ich auf das Bild, das ich schlecht ertrage. Wer es gemacht hat, ist unklar, wie es überhaupt bei allen unklar ist, auf denen die vollzählige Familie zu sehen ist. Wir befinden uns auf einer Bergwanderung und halten Rast bei einem säulenartigen Findling. Links davon sind meine Mutter, Toni und ich damit beschäftigt, Holz für ein Feuer aufzuschichten, rechts, durch den Stein von uns getrennt und ausserhalb unseres Gesichtsfelds, sitzt Vater im Gras mit Miranda auf dem Schoss. Miranda kitzelt ihn mit einem Grashalm und beide lächeln unbeschwert in die Kamera, in wortlosem Einvernehmen.

Die Schatulle ist der einzige persönliche Gegenstand, den ich ins Heim mitgenommen habe. Es war einfach, sie mitlaufen zu lassen. Als ich meinen Koffer packte, war Mutter ganz mit ihrem Elend beschäftigt und sass heulend auf einem Küchenstuhl, Vater war immer noch im Spital und meine beiden Geschwister in der Schule. Ich legte die Schatulle zuunterst in meinen Koffer und bedeckte sie mit meinen Kleidern für die aktuelle und die kommende

Jahreszeit. Dass aus den sechs Monaten vier Jahre werden würden, ahnte ich damals noch nicht. Hätte ich es gewusst, wäre es mir recht gewesen.

Ich klappe die Schatulle zu. Dieser Tag wird nicht ereignislos seinem Ende entgegen tröpfeln. Das lasse ich nicht mehr zu. Ich stelle mich unter die Dusche. Der heisse Wasserstrahl prasselt auf meine Haut, bis sie prickelt. Ich schäume mein Haar ein, spüle es aus, schäume es noch einmal ein, spüle wieder, klatsche eine Handvoll Pflege darauf, massiere sie ein, und während sie ihre Wirkung entfaltet, seife ich meinen Körper mit einem nach Orangen duftendem Gel ein. Klares und nun kühles Wasser spült alle Seifenreste weg und mit ihnen all die Schwere, die mich dumpf und träge gemacht und mir die Lebensfreude geraubt hat. Wie ich, fröstelnd und tropfnass, nach einem Badetuch greife, das noch einigermassen sauber ist, durchströmt mich die lang vermisste Energie, die es braucht, um als Lilith auf dieser Welt bestehen zu können. Der Abwasch, den ich so lange vor mir hergeschoben habe, ist im Nu erledigt und der Staub, dem ich vom Bett aus widerstandslos zusah, wie er sich auf sämtliche Möbel und den Boden legte und mit der Zeit eine kompakte Schicht bildete, in einer Viertelstunde weggewischt. Doch das Schwerste steht mir noch bevor. Noch immer steht die Kiste auf dem Esstisch, daneben liegt die kleinste und unscheinbarste Peitsche aus dem Paket, von der Max Gebrauch gemacht hat, bevor er sich aus meinem Leben verabschiedet hat. Wobei: verabschiedet hat er sich nicht wirklich. Er war einfach plötzlich nicht mehr da. Und er hat, laut Svetlana, auch nicht die Absicht, je wiederzukommen. Das verstehe ich nicht, werde ich nie verstehen. Es passt nicht zu Max. Ich packe all die mit Sachverstand und Vorfreude ausgewählten Utensilien in die Kiste und stelle sie in den

Estrich zurück. Wer weiss, ob sie jemals wieder zum Einsatz kommen werden.

Zu lange darf ich mich diesen schmerzlichen Erinnerungen nicht hingeben, zu leicht könnte meine positive, aber immer noch labile Stimmung kippen. Sämtliche Spuren, die auf Max hinweisen, sind nun aus meinem Blickfeld getilgt. Aus verschiedenen Winkeln des Raums begutachte ich das Resultat meiner Anstrengung und bin sehr zufrieden damit. Plötzlich verspüre ich einen Riesenhunger. Den Kühlschrank brauche ich gar nicht erst zu öffnen. Er ist leer. Svetlana ist in den ersten Tagen nach meinem Zusammenbruch ein paar Mal einkaufen gegangen. Ohne Worte habe ich ihr zu verstehen gegeben, dass ich lieber allein wäre. Ihre letzte Bemerkung über die Beziehung zwischen Max und mir nehme ich ihr immer noch übel. Und von wegen Expertin in Liebessachen: Guido hat sie nach einer Woche gemeinsamen Urlaubs bei seiner Familie in seiner Heimatstadt sitzen gelassen und in der Getränkefirma um Versetzung gebeten, so dass er nicht mehr in unsere Gegend auszuliefern braucht.

Noch immer hat mein Schwung nicht nachgelassen. Mit einer ellenlangen Einkaufsliste bewaffnet mache ich mich zum Supermarkt auf. Zum ersten Mal seit langem wird mein Mund wässerig angesichts des schier unüberblickbaren Angebots an Nahrungsmitteln. Sorgfältig wähle ich die Esswaren aus, kann ich mich zwischen zwei verschiedenen Marken nicht entscheiden, lege ich gerade beide Produkte in den Einkaufswagen.

Wieder daheim, bereite ich mir eine komplette Mahlzeit zu: einen gemischten Salat als Vorspeise, dann Spaghetti mit einer leider zu würzig geratenen Tomatensauce, so dass die fixfertig gekaufte Schokoladenmousse in erster Linie optisch und aufgrund des Kühl-

effekts gefallen kann.

Mein Horizont ist wieder in die Ferne gerückt, dorthin, wo er hingehört. Gleich einer sonnenbeschienenen Landschaft mit sanften Hügeln, munteren Bächen und sattgrünen Wäldern breitet sich mein Leben vor mir aus. In Gedanken spaziere ich darin herum und mache Halt vor einem grossen Gebäude im klassizistischen Stil, dem Theater. Noch stosse ich die Türe nicht auf, aber ich weiss, dass sie da und für mich bestimmt ist. Freundlich und hell liegt die Zukunft vor mir. Doch ich ahne, dass sich ihre Verheissungen nur erfüllen können, wenn ich auch bereit bin, in die Vergangenheit zu schauen. Also wende ich meinen Kopf. Hinter mir öffnet sich eine düstere Schlucht. Von den glatten, abweisenden Steinwänden tropft es, unaufhörlich, tropf, tropf, tropf… Ein schmaler Pfad, der sich immer wieder zwischen den Felsen verliert, führt aufwärts, doch die Schlucht ist so eng, dass das Blau des Himmels nirgendwo sichtbar ist.

Es gibt kein Entrinnen. Entschlossen nehme ich meinen Mantel vom Haken, schlüpfe in irgendein paar Schuhe, ergreife meine Schultertasche und verlasse nach Tagen und Wochen des Dahinvegetierens mein Zuhause.

21

Ich will meine Familie überraschen. Oder besser gesagt: in flagranti erwischen, genau so, wie sie sich ihr Leben ohne mich eingerichtet hat. Nichts Gestelltes, der wiedergefundenen verlorenen Tochter zuliebe Aufgesetztes, die im Grunde genommen niemand mag, die zufälligerweise aber dazu gehört, zumindest auf dem Papier.

Mit vierzehn Jahren bin ich diesen schnurgeraden Plattenweg zum letzten Mal gegangen, allerdings in entgegengesetzter Richtung, einen schweren Koffer hinter mir her schleppend. Auf den ersten Blick registriere ich, was seither gleich geblieben und was sich verändert hat. Gleich geblieben scheint das Hobby meiner Mutter zu sein. Auf der linken Seite des Wegs reihen sich, akkurat abgesteckt, die vorbereiteten Gemüsebeete. Auf der rechten Seite verdeckt eine inzwischen zu stattlicher Höhe herangewachsene immergrüne Hecke die Sicht zum Nachbarn. Das Haus hat eine Verschönerungskur hinter sich und präsentiert sich in ungewohnter Frische. Das undefinierbare Grau der Fassade ist einem freundlichen Gelb gewichen, die militärgrünen Rollstoren sind durch schmucke Fensterläden in zur Hausfarbe passendem Blau ersetzt worden. Vor der Garage parkt ein weisser Tesla. Ich ordne ihn meinem Bruder Toni zu. Vater und Mutter benützen dasselbe Auto, meist einen praktischen Kleinwagen, der leicht einzuparken ist.

Kurz vor der Haustür droht mich der Mut zu verlassen. Was will ich bei diesen mir inzwischen fremd gewordenen Menschen, die höchstens noch ein blasse Erinnerung von mir als Vierzehnjährige haben, die nicht einmal ich selber erkennen würde? Vorsichtig drücke ich die Türfalle herunter, noch bevor ich mich bewusst dafür entschieden habe, nicht zu klingeln. Sie gibt nach, und ich trete so geräuschlos wie möglich ein. Das Haus ist nicht nur neu gestrichen, sondern auch umgebaut worden. Keine Tür mehr, die das Treppenhaus in die obere Etage vom Erdgeschoss abtrennt. Stattdessen ein luftiger offener Eingangsbereich, auf dessen linker Seite eine geschwungene Treppe in den oberen Stock führt. Ich bleibe stehen und lausche. Von oben sind Stimmen zu hören, zwei weiblich, eine männlich. Leise erklimme ich die ersten Treppenstufen. Nun höre ich sie deutlicher und kann sie identifizieren: die brüchige männliche Stimme ist die meines Vaters, die hellere Frauenstimme gehört meiner Schwester, die andere meiner Mutter.

»Gib mir das Kissen dort, nein, nicht das dünne, das grüne!«, mein Vater mit seltsam schwacher Stimme, doch immer noch gewohnt, Befehle zu erteilen.

»Meinst du nicht, es wäre vielleicht besser, du würdest dich wieder etwas hinlegen?« Meine Mutter, offenbar noch immer Meisterin der direkten und klaren Rede.

»Lass ihn doch, er muss selber wissen, was für ihn gut ist.« Mirandas Stimme mit ihrem unverkennbaren Timbre, tiefer, als ich sie in Erinnerung habe, und eine Spur härter. Der Tesla muss ihr gehören, denn Toni scheint nicht da zu sein.

»Miranda, komm her«, begleitet von einem Klopfen auf etwas Gepolstertes. Dann deutlich harscher: »Mach das Fenster zu, oder soll ich mir eine Lungenentzündung holen? Würde dir so passen, das graue Mäuschen tanzt auf meinem Grab. Haha.«

Kurzes Trippeln, dann wird das beanstandete Fenster geschlossen.

»Jetzt geh und lass mich mit Miranda allein. Und Braten, hörst du, Braten will ich zum Nachtessen! Schön saftig.«

Höchste Zeit für mich, in Deckung zu gehen, denn das

Trippeln hat bereits den oberen Treppenabsatz erreicht. Rasch, rasch hinter die Kellertür! Ich ziehe sie zu und schon ist Mutter unten. Was hat mich bloß geritten, hierher zu kommen? Meine Hoffnung, nicht nur das Haus, sondern auch die Menschen darin hätten sich positiv verändert, gerät ins Wanken, doch ich bin noch nicht bereit, sie einfach so aufzugeben. Ich vernehme ein Rascheln, wie wenn jemand in einen Mantel schlüpft, dann wird die Haustür geöffnet und fällt kurz danach wieder ins Schloss. Das alte Spiel. Und jetzt weiss ich auch, weshalb ich hier bin.

In der Küche riecht es unangenehm nach einer Mischung aus gekochtem Gemüse und einem scharfen Putzmittel. Auch die Kücheneinrichtung ist neu: schicke Abdeckung aus dunklem Granit, die Küchenmöbel in mutigem Flaschengrün. Auf Anhieb ziehe ich die richtige Schublade auf. Hier liegen sie, nach ihrem Verwendungszweck geordnet: die eleganten kleinen Dessertgabeln und -messer aus Silber, das Essbesteck für den Normalgebrauch, die Tortenschaufel und das dazugehörige Schneidewerkzeug, die Küchenschnitzer und natürlich die grossen Messer für Gemüse und Fleisch. Ich nehme das grösste heraus und fühle sein Gewicht in meiner Hand. Ein gleiches, aber nicht dasselbe, denn Beweismittel werden meines Wissens nicht zurückgegeben, sondern bis in alle Ewigkeit in einer Asservatenkammer aufbewahrt. Ich lege das Messer zurück, gebe der Schublade einen sanften Stoss, und sie gleitet lautlos von selber wieder zu.

Ohne mich darum zu bemühen möglichst leise zu sein, gehe ich zurück zur Treppe, steige sie hoch und lausche. Die Stimmen von Vater und Miranda sind durch die geschlossene

Tür nur noch gedämpft zu vernehmen, trotzdem kann ich verstehen, was sie sagen.

»Es wird nicht einfach sein, die Baubewilligung dafür zu erhalten. Aber eine Terrasse, gerade hier vor dem Schlafzimmer, stell dir vor, das wär' doch genial!«

»Kind, ich weiss, dass du es nur gut meinst. Aber denk daran, wie viel du für uns schon ausgegeben hast. Eine nigelnagelneue Küche, der Fassadenanstrich und die teuren Fensterläden, Landhausdielen… Lass gut sein! Überhaupt: Ich werde sowieso nicht mehr lange daran Freude haben können. Der letzte Arztbericht war schlecht.«

In dem Moment trete ich ins Schlafzimmer meiner Eltern und registriere, dass zumindest in diesem Raum alles genau gleich geblieben ist, sogar an die Bettwäsche kann ich mich erinnern. Doch Vater hat sich, zumindest äusserlich, erschreckend verändert. Er sitzt, im Rücken von ein paar Kissen gestützt, hohlwangig im Bett, seine Gesichtsfarbe ist von einem ungesunden Gelb, anstatt Haare auf dem Kopf wachsen ihm graue Bartstoppeln. Vater schaut mich an, als wäre ich ein Geist. Auch Miranda hat blitzartig den Kopf zu mir gedreht, überrascht, ja überrumpelt von der plötzlichen Gegenwart ihrer älteren Schwester. Wieder einmal stelle ich fest, wie wunderschön Miranda ist mit ihren dunklen Mandelaugen und dem perfekt geformten Mund im ovalen, von blonden Locken umrahmten Gesicht. Die Bilder von ihr in den Hochglanzmagazinen zeigen sie tatsächlich so, wie sie in Wirklichkeit ist.

»Lilith, du?!« Miranda erhebt sich von der Bettkante und kommt auf mich zu, unsicher, welche Art von Begrüssung der Situation angemessen ist.

Unerwartet überflutet mich ein Gefühl der Liebe für sie, also befreie ich sie aus ihrer unangenehmen Lage und umarme sie. Nicht überschwänglich, aber fest und sicher. Nun hat auch Vater hat seine Fassung wieder erlangt. Er räuspert sich und fragt mit seiner mir noch unvertrauten Altmännerstimme im kalten Ton, der normalerweise unserer Mutter vorbehalten ist:

»Lilith, was willst du hier? Weshalb kannst du uns nicht in Ruhe lassen? Oder hast du vielleicht auch diesmal ein Messer dabei?«

Ich lasse meinen Blick zwischen den beiden hin- und hergehen, nur kurz, bis ich weiss, was ich antworten will. Dass es schwierig werden würde, war mir von Anfang an klar gewesen.

»Nein, habe ich nicht. Heute löse ich Probleme anders.«

»Aha, ein Problem hast du. Dachte ich mir's doch. Unruhe stiften willst du. Das ist dein Problem.«

»Vater, nun lass sie doch mal reden. Für Lilith war es bestimmt nicht einfach, hierher zu kommen.«

»Stimmt, Miranda, das war es ganz und gar nicht. Und doch musste es sein. Für mich, aber vielleicht auch für euch.«

Unten fällt die Haustüre zu. Mutter ist von ihrem Einkauf zurück. Ohne zu überlegen rennt Miranda zur Treppe, beugt sich über das Geländer und ruft: »Lilith ist da!«

Ein ungläubiges »Was?«, und schon kommt Mutter die Treppe hoch. Auch sie habe ich seit vielen Jahren nicht mehr gesehen. Sie wirkt auf mich wie in der Waschmaschine um zwei Grössen geschrumpft. Und grau ist sie geworden. Ein

Mäuschen – da hatte Vater nicht einmal so unrecht. Bevor meine Mutter das Wort an mich richtet, schaut sie kurz zu ihrem Ehemann, wohl auf der Suche nach einem Hinweis, wie die Situation einzuschätzen sei und wie sie sich zu verhalten habe. Aufgrund ihrer jahrelangen Übung, im Gesicht meines Vaters zu lesen, zieht sie die richtigen Schlüsse und bleibt abwartend in der Tür stehen, bereit, jederzeit das Weite zu suchen.

»Lilith, was für eine Überraschung«, sagt sie, allerdings ohne Ausrufezeichen, und sucht sogleich die Flucht ins Praktische: »Wie wär's mit einer schönen Tasse Tee und etwas Kuchen? Er ist von gestern, aber immer noch frisch.« Niemand antwortet, was meine Mutter als Zustimmung auslegt. Sie will sogleich wieder nach unten verschwinden.

»Mutter, jetzt warte doch.« Miranda hält sie am Arm zurück. »Kuchen essen können wir später. Lass' uns doch zuerst einmal hören, was Lilith zu sagen hat.« Drei Köpfe drehen sich zu mir. Ich habe mich inzwischen auf einen Stuhl gesetzt, der – wie ich erst jetzt bemerke – früher nicht da war. Mir wäre es lieb, auch Mutter und Miranda würden sich setzen. Was ich zu sagen habe, dauert eine Weile. Und ich hoffe, dass es nicht bei einem Monolog meinerseits bleiben wird. Ich möchte verstehen. Und das bedingt Erklärungen. Oder zumindest Erklärungsversuche. Also sage ich zu Mutter und Miranda: »Setzt euch doch auch.« Mutter wählt die Bettkante, Miranda zieht einen Stuhl heran und setzt sich neben mich. Ich habe mir nicht genau zurecht gelegt, was ich sagen will, vertraue aber auf mein Gefühl als Kompass.

»Ihr seid sicher erstaunt darüber, dass ich einfach so hier

aufgetaucht bin. Wie Miranda schon vermutet hat, ist es mir schwer gefallen, ja es fällt mir immer noch schwer, hier so vor euch zu sitzen. Aber ich will etwas ändern in meinem Leben, doch das geht nicht, wenn mich meine Vergangenheit immer wieder einholt.«

»Ja, so ist es nun mal, was man sät, erntet man, das hättest du dir früher überlegen müssen. Auf den eigenen Vater mit dem Messer losgehen!« In Vaters brüchige Stimme hat sich Empörung eingeschlichen.

»Vater, Lilith war noch ein Kind! Willst du ihr ewig vorwerfen, was damals passiert ist? Und überhaupt: Lilith hatte ihre Gründe. Wenn das jemand weiss, dann ich. Und du, Vater, weisst es auch, nur kannst du es nicht zugeben. Lilith, ich habe dich im Stich gelassen. Nicht nur damals. Die ganze Zeit bis heute. Deshalb bin ich froh, dass du da bist und ich dir endlich sagen kann: Es tut mir leid. Ich habe dich vermisst, Lilith, als du im Heim warst. Ich wollte dich besuchen, doch Vater und Mutter haben es mir verboten.«

»Zu deinem eigenen Schutz, Kind«, wirft meine Mutter ein, »stell' dir nur vor, was da so alles ins Heim kommt. Lauter Kriminelle oder sonst Gestörte.«

Es kostet mich grosse Anstrengung, sachlich zu bleiben und nicht ins Sarkastische zu kippen und Mutter zu fragen, in welche Kategorie denn ich ihrer Meinung nach gehöre und wie es überhaupt dazu kommen konnte, dass ausgerechnet sie so einen Teufelsbraten wie mich in die Welt gesetzt habe.

»Mutter, hast du eigentlich nie etwas geahnt?«, frage ich stattdessen. »Weshalb, denkst du, hat dich Vater ständig unter einem fadenscheinigen Vorwand aus dem Haus geschickt?«

»Na ja, fadenscheinig… Mal fehlt das eine, mal das andere… Hättest du Familie, Lilith, wüsstest du das, auch eine Hausfrau kann nicht alles im Kopf behalten.«

Die Schlange der Resignation hebt ihr Haupt, nimmt mich ins Visier und kriecht langsam auf mich zu, um mich zu verschlingen. Doch da kommt Support aus unerwarteter Ecke.

»Mutter«, – Vater hat die unangenehme Angewohnheit, sie vor uns Kindern so zu nennen – »es ist schon so, dass ich Lilith das eine oder andere Mal ein bisschen härter drannehmen musste. Du weisst ja, wie störrisch sie war. Ehrlich gesagt, genützt hat es nichts. Es gibt im Grunde genommen nur eines, das ich mir vorwerfen muss: dass es mir nicht gelungen ist, ihren Willen zu brechen. Und jetzt ist sie da und stiftet Unruhe, wie du siehst.«

So viel zum väterlichen Support.

»Du solltest dich nicht so aufregen, mein Lieber«, meint Mutter, und rückt ein Kissen im Rücken meines Vaters zurecht. »Vielleicht mache ich uns jetzt doch besser einen Tee. Miranda, wenn du schon mal unten die Tassen holen und hochbringen könntest, du weisst ja, für Vater ist das Treppensteigen zu anstrengend.«

Miranda denkt nicht einmal daran. »Wisst ihr was, ihr beiden? Schämen solltet ihr euch!«

Mutter und Vater rücken auf dem Bett noch etwas näher zusammen. Ich suche in ihren Gesichtern vergeblich nach einem Hauch von Schuldbewusstsein. Stattdessen wirken sie verwirrt, als könnten sie dem, was gesagt wird, nicht folgen.

»Jahrelang hast du, Vater, Lilith geschlagen für nichts und wieder nichts. Meinst du etwa, mir sei das verborgen geblieben? Oft habe ich überlegt, wie ich ihr helfen könnte. Doch ich wusste nicht wie. Sie war ja meine grosse Schwester. Und du, Mutter, hast einfach weggeschaut. Und sieh' dich doch mal an: Wo ist dein eigenes Leben? Was ist dir wichtig? Willst du wirklich bis in alle Ewigkeit Vaters Dienerin bleiben, ohne eigene Meinung, ohne eigenen Willen?« Miranda, die Mutige. Ich möchte sie umarmen.

Vater und Mutter bilden ein stummes Doppelpack, unfähig zu reagieren. Und ich erkenne: Es hat keinen Sinn, unsere Eltern werden nie begreifen. Im selben Moment fällt mir ein weisses Paket auf der Kommode auf. Windeln für Erwachsene. Ich stehe auf, mache ein paar Schritte auf das Bett zu. Irgendetwas muss ich mitnehmen von meinem Besuch. Was ich mir erhofft habe, sind meine Eltern nicht in der Lage zu geben. Und so ist das einzige, was mir bleibt und das mir dabei helfen soll, mit meiner Vergangenheit abzuschliessen, ein Bild: ein todkranker, inkontinenter schwacher Mann, der von der Seite betrachtet meinem Vater gleicht, nicht aber von vorne, eine ehemals hübsche Frau, geschrumpft und gealtert, ohne Glanz in den Augen nach diesem sinnlos vergeudeten Leben. Hassen wäre einfacher.

»Ich gehe dann mal.« Niemand versucht, mich aufzuhalten. Ich habe die Haustür schon geöffnet, als Miranda mich einholt.

»So lasse ich dich auf keinen Fall gehen«, sagt sie, »komm!« Sie nimmt mich bei der Hand und zieht mich zum Steinmäuerchen, auf dem wir als Kinder oft sassen.

»Lilith, es gibt einiges, das ich bereue, aber nichts so sehr, wie mich von dir abgewendet zu haben. Um ehrlich zu sein: du hast mir Angst gemacht. Ich wusste, was Vater mit dir tat, doch ich habe dich nie schreien gehört. Das fand ich nicht normal. Auch, dass du niemandem etwas davon gesagt hast. Und später habe ich verdrängt, dass da noch eine Schwester ist, und mich in die Arbeit gestürzt. Als dann noch die beiden Kinder kamen, blendete ich alles, was nicht unmittelbar mit meinem Alltag zu tun hatte, einfach aus. Wie einsam du gewesen sein musst! Weshalb hast du dich nicht gewehrt?«

»Doch, ich habe mich gewehrt. Nicht mit Schreien, sondern indem ich das Beste für mich daraus machte, so gut ich das als von den Eltern abhängiges Kind eben konnte. Egal wie hart Vater zuschlug, er konnte mir nichts anhaben. Ich hatte die Wahl zu denken und zu fühlen, was ich wollte, und das war mein Schutz. Erst als dann du Vaters Opfer werden solltest, habe ich gehandelt. Ich wollte dich schützen.«

Miranda nimmt mich in den Arm, drückt mich ganz fest. »Lilith, wir dürfen einander nie mehr verlieren, versprochen? Ich freue mich darauf, meinen Kindern endlich ihre Tante vorzustellen. Oder, das darf ich doch?«, fragt Miranda, und schaut mich etwas unsicher an.

»Natürlich. Deine Familie kennenzulernen, das wünsche ich mir schon lange. Doch etwas musst du mir noch erklären: weshalb hast du das Haus unserer Eltern derart aufgehübscht? Das muss dich doch eine Menge gekostet haben.«

»Eigentlich weiss ich das selber nicht so genau. Vielleicht habe ich gehofft, dass sich ein schönes Äusseres auf das Innere überträgt. Dieses Ziel habe ich definitiv verfehlt, wie du selber feststellen konntest.« Miranda zückt ihr Handy, tippt auf ein Icon und wischt, bis sie gefunden hat, was sie mir zeigen will. »Claire und Javier.«

Javier hat Mirandas Mandelaugen geerbt, doch sein wuscheliges Haar ist dunkel. Claire blickt zurückhaltend in die Kamera und hat, zu meiner Verblüffung, grosse Ähnlichkeit mit mir als ungefähr Fünfjährige. Bald werden wir uns kennenlernen.

Als Miranda und ich auseinandergehen, tun wir das als Schwestern, die zwar noch nicht genau wissen, wann sie sich wiedersehen werden, doch dass sie sich wiedersehen werden, ist so gewiss wie dass auf die Nacht der Tag folgt.

22

Noch bin ich krank geschrieben, doch ich will wieder arbeiten. Rosa freut sich, dass es mir besser geht, und noch mehr freut sie sich darüber, dass sie meine Schichten nicht mehr übernehmen muss. Auch die Kundschaft scheint mich vermisst zu haben, was ich an den Schokoriegeln ablesen kann, die mir geschenkt werden.

Nun bin ich also faktisch Vollwaise, trotzdem überwiegt das Positive des Besuchs bei meinen Eltern. Ich habe eine wunderbare Schwester gewonnen und – fast noch wichtiger – Klarheit. Ohne mir dessen bewusst gewesen zu sein, hatte ich all die Jahre über gehofft, mich mit meinen Eltern zu versöhnen. Ich wollte keine Entschuldigung, aber eine Erklärung für ihr Handeln, und hatte mich durch diesen Wunsch abhängig von ihnen gemacht. Erst als ich die beiden so jämmerlich vereint auf Vaters Bett sitzen sah, begriff ich: Sie verweigerten mir diese Erklärung nicht aus Bösartigkeit, sondern weil sie zu einer Erklärung nicht in der Lage sind. So wenig wie Vater in der Lage war, mir zu geben, was ein Kind braucht. Eigenartigerweise erschüttert mich diese Erkenntnis nicht, im Gegenteil, sie macht mich stark, denn sie gibt mir meine Unabhängigkeit zurück. Der Gedanke, von nun an alleinige Regisseurin meines Lebens zu sein, fühlt sich mindestens so gut an wie ein Glas Champagner bei Sonnenaufgang nach einer durchtanzten Nacht.

Der Frühling hat dieses Jahr nur kurz gedauert und mehr oder weniger kampflos dem Sommer Platz gemacht. Ich mag die verheissungsvolle Zeit, in der die Bäume erst von einem grünen Hauch umgeben sind und plötzlich aus jeder Ecke Schwangere auftauchen.

Svetlana besuche ich nicht mehr häufig, auch in der Bar war ich schon seit Monaten nicht mehr, was mir Svetlana übel zu nehmen scheint. Doch sie erinnert mich zu sehr an Zeiten, die ich hinter mir gelassen habe. Und vor allem: sie erinnert mich an Max.

Miranda und ich telefonieren oft zusammen. Javier hat Geburtstag, ich bin auch eingeladen und werde endlich meinen Neffen und meine Nichte kennenlernen. Toni wird auch da sein. Miranda hat ihm von meinem Besuch bei den Eltern erzählt. Er lasse mich herzlich grüssen, teilte mir Miranda mit. Wenn ich Glück habe, komme ich nun wohl auch noch zu einem grossen Bruder.

Mir geht es gut. So gut wie noch nie in meinem Leben. Endlich fühle ich mich frei. Oder zumindest fast. Denn etwas will mir nicht aus dem Kopf: das Ende mit Max. Immer häufiger taucht er als ungebetener Gast in meinen Gedanken auf, ja manchmal sogar in meinen Träumen. Stets ist es der besorgte Max oder der Max unserer gemeinsamen Abende, nie Max, der Verräter. Sein plötzliches Verschwinden beschäftigt mich noch immer, es würde mir helfen zu wissen, was der Grund dafür war. Ich vermisse Max. Einschlafen in seinen Armen. Zusammen schwimmen. Zusammen plaudern und kochen. Nur etwas fehlt mir nicht: von ihm gefesselt und geschlagen zu werden. Max mag das, es steigert seine Lust. Doch ich brauche das nicht mehr. Und wenn ich es mir recht überlege, würde dieses Bedürfnis von Max wohl immer zwischen uns stehen. Als es noch mit meinem zusammenpasste, hielt ich mich für glücklich.

Vermutlich ist Max aus der Stadt weggezogen, denn er ist weder bei Svetlana noch im Hallenbad je wieder aufgetaucht. In der Redaktion will ich nicht nachfragen. Wenn Max mir aus dem Weg gehen will, hindere ich ihn nicht daran.

23

Noch zwei Wochen bis zum Beginn meiner Ausbildung. Um mich aufs Theaterleben vorzubereiten, habe ich eine Stelle als Garderobiere im grössten Theater der Stadt angenommen. Drei Mal in der Woche hänge ich Mäntel über Bügel, verstaue Taschen und Schirme, um sie nach der Vorstellung wieder ihren Besitzern auszuhändigen. Dazwischen setze ich mich oft zum Techniker in die äusserste Seitenloge, die praktisch über der Bühne schwebt, und lasse mich von ihm in die Geheimnisse der Beleuchtung einführen.

Eine weitere Neuerung gibt es in meinem Leben: ich ziehe um. Miranda hat sich anerboten, mich während der Dauer meines Studiums finanziell zu unterstützen, so dass ich in eine grössere Wohnung ziehen und den Job als Kioskverkäuferin aufgeben kann. Beides fällt mir nicht leicht, denn ich lasse nicht nur einen Job und eine Wohnung zurück, sondern auch einen Teil von mir selbst.

Jetzt steht mir nur noch ein Abschied bevor. Ich steige die Stufen zur Eingangstür hinab, drücke sie auf und schlage die beiden schweren Militärwolldecken zur Seite, die nun nicht mehr die Kälte, sondern die Hitze abhalten sollen. Dabei fällt mein Blick auf das schwülstige Gemälde, auf dem der immer gleiche Jäger unverändert auf das immer gleiche fliehende Reh zielt. Hinter der Theke steht ein junger Mann, den ich hier noch nicht oft gesehen habe. Er stellt eine Karaffe Wein und zwei Gläser auf ein Tablett, nimmt Kurs auf einen Tisch am Fenster und serviert dem älteren Paar, das in ein ernsthaftes Gespräch vertieft ist, das Getränk. In einem Sonnenstrahl, der sich zwischen den vertrockneten Kakteen auf dem Fensterbrett in die Gaststube gekämpft hat, tanzen Staubpartikel. Svetlana ist nicht da. Ich setze mich trotzdem und bestelle aus purer Sentimentalität eine heisse Schokolade, obwohl ein kühles Getränk besser zu diesem Sommertag passen würde. Auf der Tischdecke aus kariertem Wachstuch klebt ein roter Fleck. Eine Fliege trippelt über den

Tisch und steckt ihren Rüssel hinein. Ich tue es ihr gleich, tunke meinen Finger in den klebrigen Fleck und lecke daran. Ich schmecke Erdbeermarmelade. Nur Erdbeermarmelade – und sonst nichts.

Das Paar am Fenster hat seinen Wein ausgetrunken. Der Mann lacht, beugt sich über den Tisch und streicht der Frau übers Haar. Sie hält seine Hand fest, zieht sie zu sich und drückt einen Kuss auf den Handrücken. Da muss ich an Max denken. Auch daran, dass ich nie herausgefunden habe, weshalb er gegangen ist. Svetlana, die ihn als Letzte gesehen hat, konnte mir das auch nicht sagen. Nur, dass es für Max vorbei sei. Definitiv. Danach habe ich nicht mehr versucht, ihn zu erreichen. Obwohl ich ihn vermisste. Doch Max kann nicht mehr der Richtige für mich sein. Auch wenn ich einen Teil von ihm immer noch liebe. Aber seine dunkle Seite brauche ich nicht mehr.

Ich lege das Geld für die Schokolade auf den Tisch und bin schon fast bei der Tür, als mich der Kellner zurückruft.

»Bist du nicht Lilith?«

»Ja. Weshalb fragst du?«

»Svetlana hat heute ihren freien Tag, und da wollte ich etwas Ordnung in die Schubladen bringen, du weisst schon, nicht gerade Svetlanas Stärke. Dabei ist mir ein Brief in die Hände gefallen, auf dem dein Name steht.« Er zieht aus einem Stapel einen Umschlag hervor und händigt ihn mir aus.

»Danke«, sage ich. Tatsächlich, Lilith steht auf dem Brief, in Max' ästhetischer Handschrift. Der Umschlag ist zugeklebt. Ohne ihn zu öffnen, stecke ich den Brief in meine Umhängetasche und steige die drei Stufen empor. Die Sonne hat sich hinter eine Wolke verzogen. Ein leichter Wind ist aufgekommen, der sich auf der Haut angenehm kühl anfühlt. Meine Tasche erscheint mir plötzlich sehr schwer. Ich taste nach dem Brief und ziehe ihn heraus. Noch einmal betrachte ich die elegante Schrift, in der mein Name darauf steht. Der Umschlag riecht nach Gaststube, also muss der Brief lange in der Schublade gelegen haben. Nur: wie ist er dort hinein geraten? Einen Moment lang verdächtige ich Svetlana. Hat sie ihn mit Absicht zurückbehalten? Doch weshalb hätte sie das tun sollen? Sie hat mir versichert, dass Max keine Nachricht für mich hinterlassen hat. Ich kann nicht glauben, dass Svetlana mich angelogen hat. Sie, die mitbekommen hat, wie sehr mich das plötzliche Verschwinden von Max aus der Bahn geworfen hat. Doch egal, wie der Brief seinen Weg in die Schublade gefunden hat, es ist zu spät. Eine Erklärung von Max brauche ich nicht mehr. Lange dachte ich, er sei der Richtige für mich. Doch jetzt weiss ich es besser. Liebe hat nichts mit Quälen zu tun.

Ohne den Brief zu lesen, zerreisse ich ihn. Die Schnipsel übergebe ich dem Wind, der sie auf dem Asphalt tanzen lässt. Wenn ich jemandem etwas schulde, dann Svetlana, die da war, als ich sie brauchte. Svetlana, der ich bis jetzt immer vertraut habe. Zumindest verabschieden will ich mich von ihr.

SVETLANA

Sie schläft, tief und fest. Ich habe sie zugedeckt und das Fenster einen Spalt breit geöffnet, damit sie genug frische Luft hat. Der Kleine kann heute Nacht bei mir auf dem Sofa schlafen, das geht ja noch, in seinem Alter. Auch ein bisschen kuscheln.

Ich habe sie beobachtet beim Schlafen. Sie hat geträumt. Das sieht man an den Augen, wenn sie sich unter den Augendeckeln bewegen, hin und her. Und etwas gemurmelt hat sie dabei, aber undeutlich, nichts habe ich verstanden. Mein kleiner Wildfang. Und liegt nun friedlich im Bett des Kleinen. Das Wort gefällt mir: Wildfang. Überhaupt mag ich neue Wörter. Weshalb ich weiss, was ein Wildfang ist? Das weiss ich von einem unserer Stammgäste, Hanspeter. Er kam gar nicht herein in die Gaststube wie sonst, sondern klopfte direkt ans Küchenfenster, von draussen. Aru, der eigentlich Arulanantham heisst, hat es geöffnet.

»Was willst du?«, hat er ihn gefragt.

Hanspeter hat so auf eine geheimnisvolle Art mit den Augen gezwinkert und ihm dann einen Hasen unter die Nase gehalten. »Wildfang. Aber niemandem sagen, sonst geht's mir an den Kragen, kapiert?«

Der Hase war tot, klar, da tropfte noch Blut aus seiner Schnauze. Oder vielleicht heisst es nicht Schnauze. Beim Hasen ist ja alles etwas speziell. Das hat mir Aru erklärt. Das Fell heisst Balg.

»Wäre das nicht etwas für deinen Wintermantel, Svetlana?«, hat er mich gefragt, als er den Hasen präparierte, und dabei gelacht.

Weshalb nicht, dachte ich, doch wie bringt man den Balg sauber, so dass er nicht zu stinken beginnt? Das wusste Aru auch nicht. Und die Füsse heissen Läufe, mit denen schlagen die Hasen Haken. Habe ich alles von Aru. Er ist als kleiner Junge in dieses Land gekommen, hat auch die ganze Schule hier besucht. Das merkt man.

Der Hase sah irgendwie kaputt aus. Nicht nur, weil er tot war. Es lag daran, dass er nicht erschossen, sondern mit einer Schlinge gefangen wurde. Das ist hier verboten. Der Hase hat versucht, sich zu befreien, diesen Kampf konnte man ihm noch ansehen. Aber nicht nur deswegen ist Hanspeter direkt zum Küchenfenster gegangen. Hier sind Hasen geschützt, das heisst, man darf sie auch nicht erschiessen. Bei uns zu Hause gibt es viele Hasen, und da ist es egal, ob man sie fängt oder schiesst. Hier ist vieles anders. Dinge sind verboten, die bei uns erlaubt sind, und umgekehrt. Zum Beispiel zwei Männer oder zwei Frauen, die ein Kind haben und dann eine Familie sind, auch vor dem Gesetz. An so etwas muss man sich erst einmal gewöhnen.

Den Hasen konnten wir nicht im Restaurant servieren. Eben, weil es hier nicht erlaubt ist, Hasen zu töten, und dann auch noch wegen dem Lebensmitteler. Der schaut, ob alles hygienisch ist in einem Betrieb und das Fleisch durch die Kontrolle gegangen ist. Wir haben drei Portionen gemacht: eine für Hanspeter, eine für Aru und eine für mich. So hat es bei uns drei Tage lang Hase gegeben. Der Kleine mochte das Fleisch nicht, das habe ich ihm angesehen. Aber gesagt hat er nichts. Und drei Tage sind auch einmal vorbei.

Ich war sehr erstaunt, als Lilith gestern plötzlich vor der Tür stand. Sie wolle sich verabschieden, sagte sie, aufbrechen in ein neues Leben. Dabei strahlte sie, wie es eben nur Lilith kann.

»Komm doch herein, lass uns anstossen auf deine Pläne«, sagte ich und freute mich, dass sie da war. Sie folgte mir in die Küche und setzte sich auf den Stuhl, auf dem sie immer sass, als sie mich noch regelmässig besuchte. Ich entkorkte eine Flasche Wein, die ich von einem Gast erhalten hatte, und schenkte unsere Gläser voll. Es war fast wieder wie früher, aber irgendwie doch nicht ganz. Lilith erzählte. Vor allem von ihrer Schwester Miranda. Und davon, dass sie eine neue Wohnung suche. Auch, wie sehr sie sich freue auf die Schauspielschule. Nur etwas liess sie aus: Max. Ich fragte nicht nach.

Plötzlich war es nach Mitternacht. Der Kleine war auf dem Sofa eingeschlafen. Ich fragte Lilith, ob sie nicht bei uns übernachten wolle. Und jetzt schläft sie im Bett des Kleinen.

Viele halten mich für eine Russin. Russinnen stehen hier hoch im Kurs. Obschon: Russland, Serbien, Kroatien, Slowenien, Kosovo… das kümmert meine Gäste nicht. Hauptsache, das Bier hat die richtige Temperatur. Das heisst nicht automatisch kühl. Vor allem die Herren mit Prostataproblemen mögen es tempo. Das heisst temperiert, lauwarm. Solches musste ich zuerst lernen.

Ich bin eine Jugo oder eine -Ic, wie man hierzulande sagt. Auch wenn es den Staat Jugoslawien schon lange nicht mehr gibt und ich Kelmendi heisse, also gar keine richtige -Ic bin. Jugos sind in diesem Land nicht sehr beliebt. Aber es braucht sie. Im Gastgewerbe, auf dem Bau, in der Fussballnationalmannschaft. Dort sind es natürlich Eingebürgerte. Mit zwei Seelen in der Brust. Man muss das verstehen. Du fühlst dich einer Nation zugehörig, spielst aber für die andere. Und das macht sich dann vielleicht Luft wenn ein Tor fällt, gerade gegen den Erzfeind, der dich ständig provoziert. Die Jungs sind dann voll Adrenalin und überlegen nicht gross, was am Platz ist. Und machen dann eben den Doppeladler. Immerhin schiessen sie Tore. Und das wird dann wieder gern gesehen. In einem Land, das den Krieg nicht kennt, sagen die Leute noch schnell: das ist richtig, das ist falsch, das ist erlaubt, das nicht.

Einige meiner Kolleginnen haben ihr -Ic aus der Welt geschafft und geheiratet. Jetzt haben sie Namen wie Meier, Streit oder Aeschlimann, so dass nicht mehr sofort klar ist, woher sie kommen. Mit den Männern sind die meisten von ihnen nicht mehr zusammen. Die haben ihnen den Namen gegeben. Das ist schon mal etwas, wenn man hier vorwärts kommen will.

Für mich selber erwarte ich nicht viel vom Leben. Aber für den Kleinen. Er ist clever. Doch das reicht nicht. Ich sage ihm immer: Du musst hart arbeiten in der Schule. Lernen. Besser sein als die anderen. Damit du etwas erreichst im Leben. Der Kleine ist in der ersten Klasse und kann schon lesen. Das habe ich ihm beigebracht. Mit dem Schreiben klappt's noch nicht so gut. Aber er hat die Sprache schnell gelernt. Im *Tagi,* wie man hier sagt. Dort, wo die Kinder sind, während man arbeitet. Bei mir ging es langsam mit dieser Sprache. Klar, alles was mit dem Servieren zu tun hat, konnte ich rasch. *Bring mer no eis, Schätzeli.* Oder eben alle Ausdrücke für die Speisen, die auf der Karte sind. Als ich hier anfing, nahm ich immer die alten Zeitungen mit nach oben. Manchmal auch den einen oder anderen Gast. Und dann haben wir geübt. Es gibt Laute in dieser Sprache, die man nicht lernen kann, wenn man kein Kind mehr ist. Eigentlich sind es zwei Sprachen, die man hier können muss. Eine spricht man, die andere schreibt und liest man. Das ist kompliziert.

Der Kleine ist das grösste Geschenk, das mir das Leben gemacht hat. Ich bin stolz auf ihn. Er kommt nach seinem Vater. Mario. Ein Fernfahrer aus Italien. Er sass ganz hinten in der Gaststube und bestellte Ossobuco. Hier sagt man Kalbshaxe. Ich weiss das noch so genau, weil er mir erklärt hat, was Ossobuco heisst. Knochen mit einem Loch. Dabei geht es doch ums Fleisch, nicht um den Knochen oder das Loch. Wir haben viel gelacht, Mario und ich. Als ich fertig war mit der Arbeit, nahm ich ihn mit zu mir. Wir tranken eine Flasche Chianti, die er aus seinem Laster geholt hat.

Direktimport aus Italien, sozusagen. Mario hatte einen muskulösen Körper und kein Gramm Fett zu viel. Die Nacht mit ihm war wunderschön. Es war schwer, ihn am frühen Morgen gehen zu lassen. Mario ist nicht wiedergekommen. Aber ich habe den Kleinen. Der ist mir geblieben. Oft denke ich an die paar Stunden mit seinem Vater zurück. Wie glücklich ich in dieser Nacht war. Ich habe eine Verwandte, die wurde im Krieg vergewaltigt. Neun Monate später hat sie einen Sohn geboren. Und kann ihn nicht lieben.

Letzte Woche war Elternabend. Mein Kleiner hat eine junge, hübsche Lehrerin. Sie war sehr nervös, als sie vor diesen vielen Eltern sprechen musste. Einige Eltern verstanden vermutlich nicht alles. Aber immerhin waren sie da. Schule bedeutet für mich lernen, etwas leisten, gut sein. Das sehen viele Eltern in diesem Land anders. Ihr Kind soll sich wohl fühlen, keinen Druck haben, gerne zur Schule gehen. Im Gastgewerbe sieht man so einiges. Auch Junge, die nicht klar kommen. Ich frage mich, ob daran nicht auch die Schule schuld ist. Im Leben muss man auch kämpfen, sich durchsetzen gegen andere.

Meine Arbeit ist ganz in Ordnung. Vom fixen Gehalt allein könnte ich nicht leben, doch ich mache gutes Trinkgeld. Das bedeutet freundlich sein, den Gästen zuhören, wenn sie über ihre *Brästeli* klagen, nicht gleich einen Aufstand machen, wenn sich einer vergisst und mir den Hintern tätschelt. Es hat viele Stammgäste hier, die meisten Alkoholiker. Doch was sollen diese armen Teufel? Zuhause wartet niemand auf sie, höchstens ein alter Hund, den sie nicht mehr mitnehmen, weil er inkontinent ist. Oder eine streitsüchtige Ehefrau. Im

Wirtshaus am Stammtisch kann jeder so sein, wie er ist. Wenn einer der Stammgäste Geburtstag hat, gibt's für ihn ein Freibier. Meistens zahlt er dann gleich noch eine ganze Runde. Das Freibier ist so gesehen eine gute Investition.

Am Abend hat es mehr Gäste an der Bar als durch den Tag. Sie bleiben meistens bis Feierabend, ja möchten wohl am liebsten bis am Morgen einfach so sitzen bleiben. Doch das geht nicht. Auch ich bin müde am Abend, und dann gibt es noch die Polizeistunde.

Meine erste Begegnung mit Lilith werde ich nie vergessen. Sie ist mir sofort aufgefallen. So hübsch, auch hübsch angezogen. Ein blaues Kleid hatte sie an, wie eine Prinzessin sah sie aus. Nur viel lebendiger. Als sie hereinkam, war sie noch nicht sicher, wohin sie sich setzen sollte. So etwas sieht man sofort. Ein Blick zur Bar, dann wieder zu einem kleinen Tisch am Fenster, dann wieder zur Bar. Sie setzte sich an den Tisch am Fenster. Nein, sie warte noch auf jemanden, sagte sie, als ich nach ihren Wünschen fragte. Dabei strahlte sie, wie jemand, der sich über etwas freut. Ich war schon ein bisschen neugierig, auf wen sie wartete. Jedes Mal, wenn die Tür aufging, schaute auch ich kurz hin. Ist er das? Ist sie das? Auf den Richtigen hätte ich nie getippt, dann er passte überhaupt nicht zu Lilith, nicht nur, weil er zu alt war. Ganz anders als Lilith machte er ein griesgrämiges Gesicht. Das ist auch so ein Wort, das mir gefällt: griesgrämig. Bei neuen Wörtern weiss man manchmal nicht so genau, ob sie jetzt passen, doch hier wusste ich es sofort. Er gefiel mir auch sonst nicht. Schon wie er auf Lilith zuging, mochte ich nicht.

Arrogant, wenn man das so sagen kann. Vom Optischen her konnte er sich das eigentlich nicht leisten. Doch er musste etwas an sich haben, das wohl nur Lilith sehen konnte. Vielleicht war es seine Stimme, dachte ich, als er für sich ein Ei bestellte. Lilith wollte keines. Sie wirkte nicht mehr so fröhlich, eher nachdenklich. Als ich den übrigen Gästen serviert und die Bestellliste fertig gemacht hatte, wollte ich zu ihrem Tisch gehen, um mich zu erkundigen, ob alles recht sei. Genau in dem Moment stand Liliths Begleiter auf, richtig wütend, dabei stiess er die kleine Vase vom Tisch, die ich ganz am Rand platziert hatte, weil sonst nirgendwo mehr Platz war. Ohne sich zu entschuldigen rannte er fast zur Tür, drehte sich aber noch einmal zu Lilith um. »Von mir kannst du nichts erwarten!«, brüllte er, und weg war er. Lilith blieb sitzen. Lange. Ohne sich zu bewegen. Wie ein Stein. Das machte mir fast ein wenig Angst. Also brachte ich ihr einen Kaffee. Und dann fing Lilith an zu weinen.

Es kommen nicht viele Junge zu uns, auch nicht viele Paare. Als Lilith mit Max auftauchte, haben sich alle Köpfe zu ihnen hin gedreht. Sogar Tinu, der meistens nur in sein Bierglas starrt und erst wieder aufschaut, wenn er dessen Boden sieht. Dann bestellt er noch ein Tempo.

Dass sich die beiden erst seit kurzem kannten, war gut zu sehen. Schüchtern und nervös waren sie, Max mehr als Lilith. Sie hörten aufmerksam zu, wenn der andere etwas sagte. Daran erkennt man Paare, die noch nicht lange zusammen sind. Mit der Zeit ist klar, was der andere denkt, da ist das Zuhören nicht mehr so wichtig. Lilith bestellte eine warme Milch, die sie stehen liess, Max nur Tee. Solches prägt sich ein, wenn man serviert.

Mit der Zeit kamen die beiden fast jeden Mittwoch, mit Sporttaschen und manchmal noch feuchtem Haar. Lilith ist schön, richtig schön. Ich konnte Max gut verstehen. Wenn ich Lilith anschaue, weiss ich noch heute nicht, was ich am liebsten möchte: so sein wie sie, eine Tochter haben wie sie oder ganz einfach Liliths Freundin sein. Möglich ist ja nur die Freundin, und auch das ging nicht von heute auf morgen. Ich gewöhnte mir an, am Mittwoch etwas früher anzufangen, so dass ich meistens kurz Zeit hatte, mich zu den beiden zu setzen. Das ist eigentlich nicht erlaubt, denn es gibt immer etwas zu tun, auch soll man keine Gäste bevorzugen, zumindest nicht, wenn sie kein grosses Trinkgeld geben.

Max lernte ich erst nach einer Weile besser kennen. Er schrieb zum zwanzigsten Jahrestag des Kosovo-Kriegs eine Reportage über Leute wie mich, die damals ihr Heimatland verlassen haben und nicht mehr zurückgegangen sind. Also fragte er mich, ob ich zufällig eine Kosovarin sei, ganz höflich. Und tatsächlich, ich stamme aus Gjakova im Kosovo, aber nicht zufällig, meine Eltern sind von dort. Ich spreche nicht gerne über meine Heimat, weil mir dabei die Tränen kommen. Aber zurück kann ich nicht, wegen dem Kleinen. Max schrieb alles, was ich sagte, in ein kleines Notizbuch. Ich fand es eigenartig, dass er dazu keinen Computer benützte. Aber so hat wohl jeder Mensch seine Eigenheiten.

Einmal kam Max mit einem Bekannten. Der nahm sich endlos Zeit, um ein Menü auszuwählen. Dabei ist der Tagesteller immer die beste Wahl. Da sind die Sachen garantiert frisch. Bei *à la carte* ist das nicht immer der Fall. Als er das nächste Mal kam, zeigte mir Max den Bericht, den er über das Mittagessen geschrieben hat. Darin wurde der Service besonders gelobt. Wegen mir, sagte er. Seither kommen auch andere Gäste, solche, die eigentlich nicht so recht in dieses Lokal passen.

Jede Woche freute ich mich auf die beiden, ein bisschen mehr auf Lilith als auf Max, wie ich zugeben muss. Wenn ich mich zu ihnen an den Tisch setzte, richtete ich es so ein, dass ich näher bei Lilith sass. Wegen ihrem Duft. Ich kann ihn nicht genau beschreiben. Der Duft nach Lilith eben. Etwas Blumiges, aber nicht süsslich. Sie hat sehr schmale Handgelenke und winzige Fingernägel. Überhaupt ist sie fein und zart, so dass man sie beschützen möchte. Aber dafür hat sie ja Max, der ist dafür zuständig. So dachte ich jedenfalls. Bis zu jenem Tag im Februar. Es war an einem Montag, ich hatte gerade sämtliche Stühle von den Tischen genommen und kurz die Fenster geöffnet, um zu lüften. Da sah ich Max draussen vor der Tür stehen. Eigentlich war das Restaurant noch zu, doch ich öffnete ihm, weil ich ihn nicht in der Kälte und im Dunkeln stehen lassen wollte. Max sah schrecklich aus und hatte einen Kater. Er wolle sich nicht setzen, nur etwas abgeben. Aus der Innentasche seines Mantels zog er einen Brief hervor, auf dem Umschlag stand *Lilith*, von Hand geschrieben. Ob ich den Brief bitte Lilith geben könne? Natürlich, doch was denn passiert sei, wollte ich wissen. Es sei fertig zwischen ihm und Lilith, er könne nicht mehr. Damit drückte er mir den Brief in die Hand und sagte noch einmal, ich solle ihn unbedingt Lilith geben, wenn sie das nächste Mal komme. Ganz gegen seine Gewohnheit nahm er mich kurz in den Arm bevor er wieder in der Dunkelheit verschwand.

Das ist nun schon viele Monate her. Der Brief liegt immer noch in der Schublade hinter der Theke, zwischen Schreibzeug, Bierdeckeln und anderem Krimskrams. Ich habe ihn Lilith nicht gegeben. Was drin steht, weiss ich nicht, will es auch nicht wissen. Vielleicht würde Lilith zu Max zurückgehen, wenn sie den Brief liest. Das will ich nicht. Männer sollen Lilith nichts mehr anhaben können.

Nach der Geschichte mit dem Brief ist Lilith nur noch ein, zwei Mal vorbeigekommen. Doch schon damals ist mir aufgefallen, dass irgendetwas anders war. Max hat etwas von ihr mitgenommen, das nun nicht mehr da ist. Ein Stück von Lilith. Ob sie es je wieder finden wird? Sicher nicht bei Max, dafür will ich sorgen. Ob ich es ihr wieder geben kann? Das frage ich mich jeden Tag.

Epilog

Hüpf, hüpf, hüpf. Die Farbstifte hüpfen mit und klappern im Schulranzen. Mama muss heute erst am Abend arbeiten. Es gibt Pasul mit Fleisch. Keinen Hasen. Den mochte ich nicht. Mama freut sich, wenn ich gute Noten heimbringe. Im Diktat hatte ich nur einen Fehler. Laura hatte keinen. Nur sie war besser als ich.

Auf dem Schulweg gibt es viel zu sehen. Manchmal so viel, dass ich zu spät nach Hause komme, dann schimpft Mama mit mir. Wenn ich sage: »Nënë, schau, ich habe etwas gefunden«, ist sie nicht mehr böse mit mir. Deshalb schaue ich immer, dass ich etwas finde und zu ihr Nënë sage, nicht Mama, wenn ich zu spät bin.

Hüpf, hüpf, hüpf. Bis zum weissen Zettel auf dem Boden. Etwas ist darauf geschrieben. Die Schrift kann ich nicht lesen. Hüpf, hüpf, da liegt noch einer. Ich bleibe auf einem Bein stehen und hebe ihn von Boden auf. Nein, nicht nur einen hat es, viele. Bis am Schluss sind es vierzehn, ich habe sie genau gezählt. Es ist ein Puzzle, auf dem etwas geschrieben steht. Ein Puzzle aus Papier. Ein paar Zettel sind leer. Die gehören zu einem Umschlag. Das Papier ist schmutzig. Das macht mir nichts aus. Auf einem der Zettel ist ein Hirsch aufgedruckt, aus Gold. Ich bin nicht sicher, ob ich alle Zettel gefunden habe. Wenn ich das Puzzle zusammensetze, kann ich sehen, ob alle Teile da sind. Ich lege die Zettel auf ein Mäuerchen, das ganz warm ist von der Sonne. Das Puzzle ist nicht einfach. Die Teile wollen nicht passen. Ich schaue zum Kirchturm und sehe, dass es schon spät ist. Mein Magen knurrt. Vielleicht weiss er, dass es Pasul mit Fleisch gibt und knurrt, weil er sich darauf freut. Schnell, schnell, alles in den Ranzen!

Lilith ist noch da. Sie hat in meinem Bett geschlafen. Das macht mir nichts aus. Es ist schön, wenn Lilith da ist. Mama ist in der Küche. Das Pasul ist noch nicht ganz fertig, aber es riecht schon gut. Lilith hat noch nie Pasul gegessen, deshalb weiss sie noch nicht, ob sie es mag. Aber sie isst gerne Dinge, die sie noch nicht kennt. Ich ziehe die Puzzleteile aus meinem Schulranzen. Bis das Essen fertig ist, will ich das Puzzle zusammengesetzt haben. Ich frage Lilith, ob sie mir helfen kann. Ich lege alle Zettel auf den Tisch in meinem Zimmer und hole einen zweiten Stuhl, damit auch Lilith sich setzen kann. Wir legen alle Zettel so hin, dass wir das Geschriebene sehen können. Plötzlich guckt Lilith ganz komisch. Und setzt das Puzzle ganz schnell zusammen. So schnell, dass ich nicht mithelfen kann. Jetzt ist Lilith noch viel bleicher als sonst. Sie sagt gar nichts, nimmt ihre Tasche und rennt schon fast zur Wohnungstür.

»Und das Pasul?«, rufe ich, doch da ist Lilith schon weg.

»Das Essen ist fertig, kommt und setzt euch!« Mama hat den Tisch in der Küche für drei gedeckt. »Wo ist Lilith?«, fragt sie.

»Sie ist gegangen.«

»Gegangen?«

»Ja, sie war irgendwie komisch. Vielleicht wegen dem Puzzle.« Ich nehme Mama bei der Hand und führe sie in mein Zimmer, um ihr das Puzzle zu zeigen. Sie kann die Schrift lesen. Jetzt ist es Mama, die bleich wird.

Liebste Lilith

Das bist du immer noch. Und wirst es immer bleiben. Meine liebste Lilith. Und trotzdem habe ich mich davongeschlichen wie ein Dieb. Wirst du mir das jemals verzeihen können? Das hoffe ich, von ganzem Herzen. Und wenn du es nicht kannst, verstehe ich das.

Es ist nicht einfach zu erklären, weshalb ich weggegangen bin, ja weggehen musste. Doch ich versuche es.

Lilith, du verdienst es, glücklich zu sein. Aber das, was du dir wünschst, kann ich dir nicht geben. Meine Schuld ist es, dir das nicht schon am Anfang gesagt zu haben. Irgendeinmal war es dann zu spät dafür. Lilith, ich kann keinem Menschen weh tun, den ich liebe. Doch das gehört für dich dazu, ja macht für dich Liebe aus. Zuerst wollte ich das nicht begreifen. Und um ehrlich zu sein, verstehe ich es immer noch nicht. Ich denke, dass deine Weigerung, über deine Vergangenheit zu sprechen, etwas damit zu tun hat. Was ist passiert, Lilith? Weshalb konntest du dich mir nicht anvertrauen?

Lilith, ich möchte dich in die Arme nehmen und dich trösten, egal was geschehen ist. Sprich mit mir über das, was dir angetan wurde! Lass mich dich so lieben, wie ich es kann, ohne dir absichtlich Schmerzen zufügen zu müssen.

Ich hoffe noch immer, dass es einen gemeinsamen Weg für uns beide gibt. Diese Hoffnung hält mich gegenwärtig am Leben. Und ich kann warten.

Dein Max

P.S. Svetlana wird dir diesen Brief geben. So bist du nicht allein, wenn du ihn liest.

»Wirf die Zettel weg, mein Kleiner, und komm, das Essen wird sonst kalt.« Mama packt meine Hand und zieht mich in die Küche.

Ich esse, bis mir fast der Bauch platzt. Doch Mama hat keinen Hunger. Vielleicht war es doch keine so gute Idee, das Puzzle heimzubringen.